LA CHAIR DU TIGRE

Un ouvrage publié sous la direction
d'Élisabeth Samama

Zoltán Mayer

LA CHAIR DU TIGRE

Roman

Éditions Anne Carrière

ISBN : 978-2-3808-2158-1

www.anne-carriere.fr

Aux écoliers victimes de harcèlement,
à ceux qui ont succombé à la tentation du suicide,
à ceux qui y résistent
À Qu Jingjing
À Shoji Sayaka

Première époque

1

La première chose que j'ai vue en me réveillant ce matin, c'est le ciel. Le soleil venait de s'ouvrir dans ses plis. J'ai lancé des cailloux de gratitude vers lui. Je l'ai remercié de nous éclairer. Il était 6 h 58, je me suis levée, j'ai empoché mon guide sur les insectes de France et me suis précipitée dans le parc de la villa. Les insectes sont des étoiles. Je les compte parmi les trois amours essentielles de ma vie avec l'apprentissage de la culture française et des mots. Étudier me rapproche de l'endroit du sacré, de ce petit bout de moi-même formidable qui ose et se dépasse. Chaque jour, j'apprends cinq nouveaux caractères chinois, cinq mots de français, puis je recopie dans un carnet la citation d'un auteur. Celle que j'ai choisie aujourd'hui appartient à Charles Louis de Secondat, baron de La Brède et de Montesquieu : « Un homme d'esprit sent ce que les autres ne font que savoir. » Quand je l'ai découverte, cette phrase est entrée dans ma chair.

Trois mois déjà se sont écoulés depuis notre départ de Pékin et notre installation dans la campagne niçoise. Un bouleversement vivifiant pour ma famille et moi. Enfin, je suis très heureuse de m'exprimer en français et de pouvoir communiquer avec ce peuple noble de la vieille Europe. Quand j'ai entendu cette langue la première fois en me baladant avec mes parents dans la cohue de la rue Wangfujing, au centre de Pékin, j'ai chialé comme un bébé. Véridique. J'avais quatre ans. Les oreilles émerveillées, j'ai lâché la main de ma mère et j'ai suivi ces touristes sans en démordre. Les sonorités du français m'érigeaient, de la joie se formait, un torrent de pierres dégringolait d'une montagne, s'entassait dans la vallée des sangs, roulait jusqu'à l'entrée de mon cœur et le boxait de toutes ses forces. J'aspirais à disparaître pour renaître autrement, que mon corps de Chinoise soit évidé, qu'il n'y ait plus d'organes, plus de veines, plus de matières, juste ces textures sonores appartenant au français. Je suis née chinoise, de parents chinois, mais aujourd'hui, si l'on m'ouvrait, à l'intérieur on y verrait sûrement écrit : «*Made in France*». À l'origine, mon âme devait être française car au-delà de ce qui me relie à la langue de Molière, j'aime trop le fromage pour être originaire du pays du Milieu. Sans doute une erreur a-t-elle été commise au bureau des incarnations, quelque chose comme ça.

Cette après-midi, l'air étrangle la terre. Si l'on plisse les yeux en se concentrant vers l'horizon qui tremble, on peut voir des braises infimes sourdre du fond de la glèbe et virevolter comme des lucioles extraordinaires. Le toit en zinc de la villa réfracte une lumière qui bombarde la campagne. Chauffés à blanc, les carreaux de pierre autour de la piscine rongent mes pieds. Je pique une tête. Je me donne à la transparence. L'eau roule sur mon ventre, sous mes aisselles. Elle pénètre dans mes trous. En sortant, je me badigeonne de crème solaire de la tête aux pieds. La crème entre en contact avec mes yeux. Ça pique. La sensation est désagréable mais la compensation, c'est cette machine qui se met en marche dans mon esprit et dont la fonction est de connaître la nature de ce désagrément. Plus j'ai mal, plus l'engin s'active, analysant les moindres données. Je me sens en définitive plus proche du désir de comprendre le mécanisme de déplaisir que du déplaisir lui-même. C'est une chose dont je suis fière. Un talent.

J'en ai parlé à ma mère, qui vient de m'apporter du jus d'orange et une pomme. Elle a ri. Je connais ce rire. Maman m'a toujours considérée comme une originale, une inadaptée. Elle dit que je suis géniale et que c'est navrant. Elle aurait sûrement préféré avoir une gosse normale car elle aurait su quoi en faire, comment répondre à certaines questions que je lui pose et qu'elle ne s'est jamais posées elle-même. Il faudrait écrire un guide sur l'art de bien se comporter avec les surdoués, comme elle dit (peut-être que ça existe d'ailleurs). Enfin, elle exagère, ce n'est pas parce qu'elle ne me comprend pas que je suis une surdouée. Ni parce que je pense vite et bien quand il s'agit d'apprendre une langue étrangère, de perfectionner mon vocabulaire en chinois, en français, ou que je réfléchis à des choses d'ordre moral ou esthétique, en rapport avec l'inspiration et souvent irrationnelles. Ce serait trop facile. Je ne sais même pas ce que c'est qu'une surdouée en vérité, surdouée par rapport à quoi, à qui ? Quelle est la référence de base ?

Ma mère dit que je ne trouverai jamais chaussure à mon pied, que les hommes préfèrent les idiotes et que si je veux me marier un jour, il faudra que je m'entraîne à bien mentir pour faire croire que j'ai de la soupe de riz à la place de la cervelle, sinon, c'est perdu d'avance. Elle dit aussi que les gens comme moi, dans certains pays, on les pend haut et court. Et elle le dit d'une manière qui fait penser qu'elle aussi aurait envie de me pendre, parfois. En général j'essaie de ne pas répondre à ce genre de provocation. Je laisse couler, je m'inspire des qualités de l'eau. Quand même, je trouve ça regrettable de ne pas être sur la même longueur d'onde avec quelqu'un d'aussi important dans ma vie. D'autant plus regrettable qu'il y a de la beauté en elle. Mais je n'arrive pas complètement à la saisir. Maman n'est jamais tout à fait là quand on lui parle. Ni avec moi, ni avec les autres. Je ne sais dans quel espace-temps elle évolue. C'est comme si elle avait voyagé dans un train et qu'au moment d'en descendre, elle avait oublié son âme dans le compartiment à bagages, que celle-ci avait continué l'aventure sans elle. Depuis, l'âme esseulée bat la breloque en traînant ses savates sur l'intégralité du réseau ferroviaire à la recherche de son corps. Et tant que ma mère ne se décidera pas à remonter dans le train pour la récupérer, tout son être demeurera amputé de quelque chose : une espèce de dromadaire sans sa bosse.

Elle dit souvent que, du fait que je suis géniale, je n'ai rien d'une enfant de douze ans. À douze ans, on devrait célébrer les actrices et acteurs des séries télévisées plutôt que les insectes, préférer les chansons à la mode au vocabulaire et à la poésie. Pff, n'importe quoi. Heureusement que les filles de mon âge ne se ressemblent pas toutes. Peu importe, de toute façon, je n'ai rien à voir avec ma génération, maman a raison. J'ai le corps d'une préadolescente, l'âme d'une vieille femme et le cœur d'une enfant. Je porte en moi ces trois vérités. Je trouve ridicule d'essayer de m'enfermer dans une seule et de réduire qui que ce soit à une seule réalité – particulièrement celle de son âge. Il n'y a pas d'âge, ça ne veut rien dire.

Au fond, je ne sais pas grand-chose du quotidien en France. C'est la première fois que je viens dans ce pays, même si j'en ai rêvé longtemps. La rentrée est dans trois jours. J'avoue avoir un peu les jetons. J'ai entendu dire que la discipline à l'école est beaucoup moins dure qu'en Chine, ça reste à voir.

« Maman, tu viens te baigner ? »

Je me tourne vers la porte-fenêtre de l'autre côté de la terrasse, mais comme j'ai les pieds mouillés je ne bouge pas. Je risquerais de tacher le parquet et ma mère est assez maniaque.

« Maman, MAMAN, viens dans l'eau. Allez, s'il te plaît, tu ne viens jamais nager avec moi !

— …

— Maman, tu es là ? Ouh ouh, maman. Tu es dans la cuisine ? Tu dors ? »

Elle est sûrement enfermée dans sa chambre à écouter du classique au casque. L'une de ses pièces favorites, c'est le concerto en *ré* majeur opus 77 de Brahms. Il l'obsède littéralement. À l'époque où elle était violoniste professionnelle, elle l'a joué plusieurs fois. C'est à Shenyang, capitale de la province du Liaoning dont elle est originaire, située à six cent vingt-huit kilomètres de Pékin à vol d'oiseau, et six cent quatre-vingt-cinq kilomètres par la route, que je l'ai entendue le jouer la première fois. J'avais sept ans. Je me souviens de ce que j'ai ressenti : un éclair, des picotements, une impression de cataclysme et d'afflux de lumière. Il y avait de la douceur, de la violence dans l'air, une grande joie confinée dans une coquille de mélancolie. La musique vient de si haut, de si loin…

2

La cymbalisation des cigales est particulièrement intense aujourd'hui. J'ai employé le mot ce matin pendant le petit déjeuner et j'en ai profité pour l'apprendre à ma mère – qui m'a remerciée : « Ma fille est dingue, ma fille est complètement dingue. »

J'ai renchéri en disant : « Tu ferais mieux d'écouter la nature, maman, plutôt que de perdre du temps à commenter ce que je suis ou ne suis pas. » Et là, j'ai ajouté : « Allez, ma petite *Ping lun yuan* 评论员 (ça veut dire commentatrice en chinois), arrête de penser trop avec ta tête et fais profiter ton corps des sons de la Côte d'Azur. »

Ma mère a répondu : « N'importe quoi. » Et elle a encore commenté : « De toute façon, les cigales, on les entendait aussi à Pékin.

— Mais elles ne faisaient pas ce bruit-là.

— Quel bruit elles faisaient ?

— Un bruit de cigales chinoises.

— C'est comment ?

— Je ne saurais pas l'imiter, ni te le décrire. Il n'y a pas de mots pour ça.

— Puisque tu le dis. »

Maman a baissé les yeux. Son regard s'est perdu dans un lieu assez noir.

« On va être bien ici, maman, tu vas voir. Et puis, deux ans, ça passe vite.

— Tu trouves ?

— Oui.

— Est-ce que papa va venir dîner avec nous ce soir ?

— Il a beaucoup de travail, tu sais. Et il doit s'adapter à ses nouveaux collaborateurs français, c'est un moment délicat pour lui.

— Et pas pour toi ?!

— Aussi, mais... ce n'est pas pareil. Je n'ai pas autant de pression.

— Je ne suis pas d'accord. Tu t'es sacrifiée pour lui, pour qu'il ne perde pas son travail et que je puisse faire l'expérience de la vie française. Tu ne sais même pas comment tu vas t'occuper...

— Ne t'inquiète pas, trésor, ça va aller.

— Je ne m'inquiète pas. Je dis juste les choses. Et d'ailleurs, je ne suis pas ton trésor, je suis ton fardeau.

— Pfft...

— Ta croix.

— Luxi !...

— L'enfant que le Ciel t'a envoyé pour t'éprouver, parce que tu n'as pas honoré le don qu'il avait remis entre tes mains.

— Qu'est-ce que tu racontes ?!

— Tu n'as pas continué le violon.

— Je t'en ai expliqué mille fois les raisons, Luxi.

— Elles n'étaient pas bonnes.

— Luxi, arrête !

— Je n'ai pas envie d'arrêter. Beaucoup d'adultes disent aux enfants de s'arrêter dès lors qu'ils disent des vérités trop dérangeantes. Je ne veux pas m'arrêter et je ne t'en veux pas de me considérer comme un boulet parce que je dis la vérité. Si j'étais ma propre mère, je suis sûre que je me considérerais aussi comme un boulet...

— Arrête, je te le demande.

— Je ne veux pas.

— S'il te plaît.

— D'accord, mais seulement si tu m'appelles "mon fardeau" !

— Tu me fatigues, Luxi.

— Dommage. Mon envie est à l'opposé de ça.

— Tais-toi, Luxi, s'il te plaît. »

Et je me suis tue. Et ma mère, j'ai bien vu que ce silence enchanté lui faisait mal.

C'est moi qui me suis occupée de débarrasser la table, de remplir le lave-vaisselle. Maman, elle, comptait les nuages. Je suis allée chercher mon cartable et nous avons grimpé dans la voiture.

Sur la route côtière, il y a des virages en épingle à cheveux. Ma mère conduit comme Ye Yifei, un jeune pilote chinois qui a récemment été recruté par la Renault Sport Academy, un mangeur d'asphalte. On dirait qu'elle joue du violon avec le volant et fait chanter la voiture, une décapotable blanche d'une marque anglaise, cadeau de mon père pour la remercier d'avoir accepté de s'expatrier en France. Il tenait à lui offrir une voiture neuve mais maman a dit non. Il a insisté. Elle n'a pas lâché le morceau. Papa non plus. Une joute verbale insupportable. Finalement, ma mère a tapé du poing sur la table : « C'est ça ou rien.

— Enfin, chérie, sois raisonnable. Les voitures modernes sont quand même plus fiables !

— Tu comprends rien, Wei, et tu réduis l'aventure automobile au plan technique. Certes, il y a la sécurité, la motricité, la manœuvrabilité, mais pour moi, ces éléments ne sont pas décisifs dans le choix du véhicule. Il y a tout le reste.

— Comme quoi ?

— L'aérodynamisme, l'odeur. Les voitures neuves ne sentent rien. À part le neuf.

— Mais bien sûr...

— C'est vrai.

— Allez, fais pas ta Luxi !...

— Pouce ! ma mère a dit. Je ne changerai pas d'avis. Je m'en fous de ne pas avoir de caisse.

— Et comment vous vous déplacerez, alors ?

— À pied, à deux-roues, à trottinette... Il y a plein de possibilités.

— Oui, c'est ça...

— Pourquoi pas ?

— Et pour accompagner Luxi à l'école, tu vas te débrouiller comment ?

— Six kilomètres, c'est faisable, et Luxi est une bonne marcheuse. De toute façon, je comptais lui acheter un vélo.

— Tu délires, chérie !

— Peut-être. Mais... je veux une voiture de collection, ou rien », a répété maman.

Et ils ont fait les petites annonces sur Internet. Ils ont trouvé cette Jaguar décapotable des années soixante, qui ressemble au titan de la famille des longicornes. Maman a tout de suite flashé. Elle aime surtout les sportives anglaises, Jaguar ou Aston Martin, particulièrement la DB5 parce qu'elle lui rappelle Sean Connery dans *James Bond*. Elle adore Sean Connery, je crois que c'est l'acteur occidental qu'elle aime le plus et si elle devait choisir entre lui, Chen Kun ou Chow Yun-fat, elle le choisirait lui. Ma mère dit que les bagnoles de notre époque sont immondes. Ça fait longtemps que la beauté a quitté les objets du quotidien, on est dans l'ère du fonctionnel, les grands designers comme Raymond Loewy ou Joe Colombo sont morts.

Je suis contente que le soleil soit au rendez-vous pour mon premier jour de classe, de pouvoir profiter de ce paysage généreux du bord de mer. Il y a du vent et c'est très agréable. Maman est de plus en plus concentrée sur son volant. Elle conduit à tombeau ouvert, j'ai l'impression d'être dans un manège. Je me laisse aller. La vitesse, les odeurs de tubéreuses, j'aime ça. J'irai à cette journée comme l'abeille va au pistil. Comme l'abeille, j'en emmagasinerai le nectar dans mon jabot. C'est un rêve qui se réalise d'être ici, dans le pays de Colette, Victor Hugo, Marie Curie, Olympe de Gouges et Louis Lumière. Je voudrais dire à ma mère ce que je ressens à l'instant, cette poudre de rêve qui papillonne dans mes poumons. Je voudrais la remercier d'avoir accepté de mettre sa vie en suspens. D'ordinaire, je sais très bien faire ça, remercier, mais allez savoir pourquoi aujourd'hui ni les mots ni les gestes ne sortent. Je dévisage ma mère, de la colle dans les yeux. Elle est à l'unisson avec la désespérance. Sa tête à l'envers et sa bouche de désolation envoient des messages de guerre. On sent toute la misère du monde attirée comme par un aimant.

Je me détourne et contemple l'horizon. La vue est magnifique. Avec mes yeux, je veux fatiguer la mer. Je lui vole tout son bleu.

La décapotable quitte la basse corniche et s'engage vers le centre-ville. Nous arrivons rapidement au pied de la colline du Château et j'aperçois alors le collège, un édifice datant de 1865, avec des volets jaunes et des avant-toits légèrement incurvés qui font penser aux architectures chinoises. Je suis heureuse de pouvoir étudier dans un écrin où la beauté a sa place. Je souris et pivote vers ma mère, histoire de partager ma joie avec elle.

« Maman ? Maman… Tu rêves ?! Maman ?! »

Il y a des plis au milieu de son front où s'engouffrent des fantômes. Jing a la marque des gens soucieux. Quand elle est comme ça, il vaut mieux ne pas la déranger car ses réactions sont imprévisibles. Je lui fous donc la paix et repars dans mes pensées que j'allonge sur un oreiller d'herbes. En aucun cas je ne veux me laisser atteindre par sa noirceur. J'ai appris à m'en protéger. Jing a le goût des choses funèbres, pas moi. Ça peut paraître paradoxal, mais je pense que sa force lui vient justement de cette tristesse dont elle s'alimente en permanence comme d'une espèce de potion fortifiante qui l'aiderait à tenir bon, à rester droite, plantée dans son obscurité. Parfois, quand ma mère broie du noir dans la pièce où je me trouve, il est difficile de rester zen. Je fais des efforts surhumains pour me contrôler. Je ne veux pas dévaler avec elle la montagne pentue de ses angoisses, ce ne serait pas un service à lui rendre. Je veux rester là pour elle, avec ma joie et ma gaieté. C'est ça dont elle a besoin : une source lumineuse et guérissante.

« Maman, regarde-moi.

— Je conduis.

— Regarde-moi, s'il te plaît. Une seconde. »

Elle se retourne.

« Tu es très belle.

— Allez…

— Et tu te dois d'honorer cette beauté. Il ne faut pas lui faire de mal. La beauté est précieuse car elle permet d'accroître la longévité.

— N'importe quoi.

— C'est vrai, c'est comme le rire. Le rire renforce le système immunitaire, augmente le taux d'anticorps et de globules blancs. Les virus et les bactéries sont tués plus facilement grâce au rire. Donc, il faut en prendre soin. Je ne blague pas. Chanter aussi est nécessaire au maintien d'une bonne santé. C'est bon pour la rate.

— D'où tu sors ça, toi ?

— Je l'ai lu dans une étude sur une chorale allemande... C'est vrai. Allez, maman, viens, on chante !

— Je ne suis pas d'humeur, chérie. »

Des essaims d'élèves bombillent à l'entrée du collège. Ils parlent fort, avec des gestes confus. En passant, j'aperçois une fille aux yeux immenses avec une tête de taon, elle bouge ses bras très vite comme si elle allait décoller. Le taon, alias la mouche à cheval, de la famille des *Tabanidae* et dont le nom scientifique est *Hybomitra hinei*, peut atteindre les cent quarante-cinq kilomètres à l'heure quand il vole.

Ma mère ralentit soudain devant le groupe avec l'élève à tête de taon. Elle s'apprête à s'arrêter, mais je m'empresse de l'interpeller en projetant ma voix afin d'être sûre qu'elle m'entende et sorte de sa rêverie : « S'il vous plaît, Jing, veuillez ne pas vous arrêter devant le collège. Je ne voudrais pas que l'on me voie dans cette automobile de luxe, ça jaserait. Comprenez-vous ? »

Jing rigole. « Oui, chérie, pardon, je comprends. Je vais me garer plus loin. »

3

Je traverse le préau et marche jusqu'à l'endroit où une harde d'élèves fait le poireau en gigotant comme des alevins. Derrière cet entassement, j'aperçois un panneau en bois avec les noms des collégiens affichés, l'étage et le numéro de classe attribué à chacun, ainsi que celui de la salle où nous devons nous rendre. En ce qui me concerne, je suis attendue au cinquième, en salle 17 (le cinquième étage français équivaut au sixième pour les Chinois, vu qu'ici on ne prend pas en compte le premier étage baptisé rez-de-chaussée).

La classe est une pièce lumineuse à la peinture défraîchie. Je trouve mes camarades indisciplinés et bruyants. Les pieds des chaises déplacées par les mouvements des plus agités provoquent un bruit désagréable et je serais tentée de le leur signaler, mais je me l'interdis. Mme Cordier enseigne le français, elle est aussi notre professeure principale. C'est une jolie femme avec un long nez, un grand front et des arcades sourcilières proéminentes. Un physique typiquement européen, semblable à ceux des rois et des reines que l'on voit sur les peintures médiévales. Je ne la lâche pas des yeux pendant qu'elle fait l'appel. En fait, même si je suis depuis longtemps familiarisée avec les patronymes « gaulois », en entendre les sons résonner, tout près de moi, m'émeut beaucoup. Je m'empêche de verser une larme. L'exercice n'est pas facile. Je ne peux pas vous dire à quel point ce pays me bouleverse. J'ai souvent prié quand j'étais en Chine pour que le Ciel m'accorde la faveur de venir vivre en France à un moment ou à un autre. L'identité se transsubstantialise quand on soumet son être à une culture étrangère. Une conversion du corps et de l'âme se produit. Et cette conversion est merveilleuse.

D'abord, pour une Chinoise, être confrontée quotidiennement à l'ingestion de fromage est une révolution en soi, un chambardement auquel je compte bien participer sans retenue. Croyez-moi, je vais mettre un point d'honneur à en tester tous les types : les pâtes molles à croûte fleurie, à croûte lavée, à pâte pressée, fondue, à pâte persillée, non cuite, les fromages frais, tous. Le fromage existe depuis le début du IVe millénaire avant Jésus-Christ, en manger c'est communier avec un passé immémorial. Un voyage dans le temps. D'ailleurs, il n'y a pas que le fromage qui représente un intérêt culinaire immense dans ce pays, et je veux tout connaître des joies de la gastronomie française, je veux réformer ma chair et mes organes. J'apprendrai une infinité de ces nouvelles saveurs aux plus petites cellules de mon corps afin qu'un jour, si par hasard un anthropophage venait à me dévorer, il puisse reconnaître sans conteste mon goût de Française typique. J'ai de nombreux projets de dégustation dont les escargots au beurre, la blanquette de veau, le cassoulet, la ratatouille, le coq au vin, la bouillabaisse, la quiche lorraine, l'île flottante, le clafoutis aux cerises, le pot-au-feu, et la mouclade charentaise que nous aurons certainement l'occasion de goûter quand nous irons en week-end à l'île de Ré avec mes parents. Quel pays prodigieux que cette France ! France. France avec un grand F, avec un R comme réforme et un A comme annuler – annuler tout ce que je suis, recommencer de zéro en changeant mon ADN. Je salive rien qu'à répéter « France » dans ma tête et je ne fais plus référence à l'imagination gustative. D'un point de vue sonore, ce mot évoque la terre, le rouge profond d'une terre amie de l'homme, de l'amour et de la poésie. Très jeune, j'ai appris à prononcer « France » et chaque soir, dans mon lit, j'avais l'habitude de chuchoter ce nom à mon âme pour m'aider à dormir. Un jour, je me suis même jeté un sort avec mon pipi et du caca de biche ramassé dans la forêt parce qu'à l'école je connaissais un élève de Mongolie-Intérieure dont la mère était une grande chamane. Selon lui, en dessinant l'objet de ses désirs avec un pinceau trempé dans l'urine de petite fille et les déjections de biche, on pouvait faire descendre ses rêves par l'escalier qui mène au réel et les voir se réaliser. J'ai suivi ses directives, dessiné la carte de France, puis j'ai prié pour que nous partions y habiter un jour avec mes parents...

La professeure continue de faire l'appel. Je me concentre sur les noms que j'associe aux visages, je veux n'en oublier aucun, ne pas perdre une miette de ce qui se joue à l'instant. Je vivrai à fond ces deux années d'études. Je suis désormais l'encre d'un livre en train de s'écrire. Il sera magnifique. Je vais renaître dans le corps d'une géante. Je dévorerai le jour, ses aubes seront bleu, blanc, rouge.

« Caroline Pérez ?

— Présente.

— Lucas Pélissier ?

— Présent.

— Fernando Rodriguez ?

— Présent.

— Carole Montézume ?

— Présente.

— Jade Richaud ?
— Présente.
— Mickaël Laffont ?
— Présent.
— Luxi Ming ? »

Installée au dernier rang, je n'entends pas, trop occupée à observer mes camarades. Ils m'inspirent. Je vais en eux comme une onde. Je vibre dans leur secret. Tout va très vite, le faciès découpé au couteau d'une élève m'appelle. Je perçois des événements marquants de la vie de ses ancêtres, un grand succès professionnel – l'accès d'une femme à un poste administratif important, Premier ministre peut-être, une mort par pendaison, un enfant illégitime, des images de batailles, de souffrance. Plusieurs membres de sa lignée m'apparaissent. Cette fille vient d'un milieu d'intellectuels, elle a un grand-père cul-de-jatte, son arrière-grand-tante a joué un rôle décisif pendant la Seconde Guerre mondiale en sauvant de nombreux Juifs. Des tas d'images me traversent quand je me concentre sur les visages. Même si je suis rompue à cet exercice et pas uniquement à l'école, je ne sais jamais si j'invente, si c'est du grand n'importe quoi ou si ces visions sont réelles. Je ne tiens pas à savoir. L'imagination est une source de plaisir et de construction énorme. Inventer des choses qui n'existent pas, c'est consacrer l'invisible. D'ailleurs, il n'est pas exact de dire qu'elles n'existent pas avant qu'on s'efforce de leur donner une chair, car ces « corps flottants » existent déjà dans une sorte d'entre-deux et se bousculent au portillon des esprits humains les plus inspirés, espérant trouver une porte d'entrée dans la matière.

« Luxi Ming ? »

La voix de la professeure gagne du terrain.

« Luxi Ming. Lu-xi Ming ?... C'est pas toi, au fond, la petite Chinoise ? Luxi ?... »

Mes pensées se rassemblent.

« Oui, je suis là. C'est moi. Pardon, professeure.

— Je ne sais pas si j'ai bien prononcé ton prénom. C'est Luxi, c'est ça ?

— Non, professeure. Le "x" se prononce comme un "s" mouillé, en chinois. Il faut dire : "Lou-sssi". Mais "Lucie", à la française, c'est très bien aussi.

— Ming, comme la dynastie ?

— Comme le caractère qui signifie "clarté", aussi. »

Des rires, des messes basses. La professeure hausse la voix, maîtrise le brouhaha et reprend l'appel. Éloïse se présente. Une tendresse avec du sucre dans les mirettes, cette fille, une peau couverte de taches de rousseur, des bras émouvants. Je les observe un long moment. La tristesse de ses coudes me donne envie d'écrire.

En quittant la classe, je suis surprise par le désordre dans les couloirs. La chaleur y est sans doute pour quelque chose. Une fille passe devant moi au moment où je sors, elle fait exprès de me bousculer. C'est Jade. Je l'avais remarquée pendant l'appel. Silhouette élancée, cheveux blonds, une grâce hautaine. Jade est très féminine, pourtant il y a une part de masculin importante chez elle. Son visage irradie. Du rouge intact de ses lèvres à la porcelaine de son teint, tout est beau. Une poupée. Elle me fixe avec des yeux coriaces. Je sens qu'elle attend une réflexion de ma part après cette bousculade, mais je préfère ne rien dire. Je pose juste ma main une seconde sur son épaule. Elle se raidit. Du perfide s'agglutine dans son cou et propage un venin électrique.

« Pourquoi tu souris ? elle balance.

— Je m'appelle Luxi. Toi, c'est Jade, n'est-ce pas ?

— Qu'est-ce que ça peut te foutre ?

— En Chine, le jade, c'est ce qu'on a de plus précieux. »

4

Avant de partir pour l'école, après un footing, des exercices d'assouplissement et de saut à la corde, je me douche, enfile un cache-cœur par-dessus mon tee-shirt et prends le temps de faire un tour dans le parc afin de rendre visite à mes insectes. Au pied d'un cèdre, j'ai construit une cabane miniature qui leur sert d'abri. Au moins deux visites quotidiennes sont nécessaires si je ne veux pas les voir dépérir. Je les soigne, je joue avec eux, leur fais la conversation et leur apporte de la nourriture. En général, mes capricornes ont droit à du pollen sur des fleurs de sureau ou d'aubépine, mes doryphores à des feuilles de pommes de terre. Quand je m'approche, j'entends du bruit dans la cabane car ils sentent ma présence à distance et se mettent à gigoter. Ils sont comme des animaux domestiques, des chiens ou des chats minuscules. Des animaux poétiques. S'ils en avaient la capacité, je suis sûre qu'ils manifesteraient leur contentement en remuant la queue ou en faisant des bonds pas possibles.

Aujourd'hui, mes capricornes ont un régime spécial : épicéa, aubier de chêne très sec, et ce que j'imagine être des débris de charpente en pin noir d'Autriche, récupérés dans la grange d'une maison abandonnée juste de l'autre côté du champ où se trouve notre villa. J'introduis ma main à l'intérieur de l'abri et quand je la ressors, une rosalie des Alpes – un capricorne dont le nom de scène est *Cerambycidae* – se trémousse dans ma paume à côté d'un spécimen que je n'ai pas encore identifié, mais qui ressemble étrangement à un titan de la forêt amazonienne, l'un des coléoptères les plus gros du monde. Ma rosalie des Alpes est un mâle d'un extraordinaire bleu turquoise, avec de très longues antennes. Je l'ai appelée « la dent du Géant », du nom d'un sommet surplombant les hautes vallées glaciaires dans le massif du Mont-Blanc.

J'entends soudain vrombir le moteur de la Jaguar, le bruit gras de ses roues sur les cailloux de l'allée, ma mère qui appelle. Je récupère mon cartable fissa et saute dans la voiture. Jing commente ma cabriole en disant que je suis un petit chamois qu'elle verrait bien vivre dans les alpages en solitaire. J'ai lu les *Lettres de mon moulin* d'Alphonse Daudet et je réponds à ma mère que, même si je suis attirée par la solitude de la montagne, je ne veux pas y aller. Non par peur de me faire manger comme la chèvre de Monsieur Seguin, d'autant que la noblesse du loup me touche et que je préférerais finir dans sa gueule plutôt que de mourir de je ne sais quoi, d'une maladie infectieuse ou de tristesse parce que des hommes auraient dévoré toute ma bonne humeur. Je n'irai pas dans la montagne, car je suis bien ici, non loin de l'altitude zéro, au bord de la Méditerranée. Et aussi, je veux être près de mes parents.

« Vous me manqueriez si je partais vivre seule dans les hauteurs.

— C'est gentil, ça », répond ma mère.

Non, c'est juste la vérité. Maman sourit et sa bouche mange son visage. Aujourd'hui, elle n'est pas particulièrement maussade, elle ne l'est même pas du tout. J'en profite pour la titiller un peu.

« Tu pourrais aller à la mer, plus tard ! Ça te ferait du bien de bronzer.

— Je pourrais.

— Tu vas le faire ?

— Pas sûre. Je préfère la piscine.

— Mais tu es seule. Tu devrais essayer de te faire des connaissances.

— Je dois d'abord améliorer mon français.

— Tu parles parfaitement, qu'est-ce que tu racontes ?!

— J'ai un accent.

— Et alors ?

— Je veux être la digne mère de ma fille.

— Mouais… Et si tu reprenais le violon ? Tu l'as emporté, non ?

— Juste comme ça. Je ne pensais pas spécialement m'y remettre.

— Ça n'existe pas, "juste comme ça". Il y a des raisons à tout.

— T'as toujours le dernier mot, Luxi !

— Ça t'exaspère ?

— Non.

— Je sens bien que si.

— Alors, si tu sens…

— Tu pourrais aussi donner des cours de chinois. Qu'est-ce que t'en penses ?

— …

— Maman, tu me réponds ? »

Jing tourne la tête vers moi et me sourit en redoublant de douceur. J'ai gagné quelques heures de vie, grâce à ce sourire. Mes anticorps vont mieux se porter.

Notre voiture s'arrête à un passage piéton, devant l'hôtel Negresco. Sur le trottoir, j'aperçois Jade, à rollers, un harmonica à la bouche. Je ne savais pas qu'elle était sportive, ni qu'elle jouait de l'harmonica. En traversant la rue, elle nous avise dans la Jaguar et je ressens sa surprise, ses yeux qui jettent des clous. Si elle le pouvait, Jade me crucifierait là, tout de suite. Elle ralentit soudain, sort son téléphone de sa poche et nous prend en photo, maman et moi. Je suis verte, mais ne dis rien. Il est préférable de ne pas appeler le mauvais œil en blatérant comme un chameau dans le désert au sujet de cette photo et de toutes ses répercussions négatives, si elle venait à circuler dans le collège. La jalousie est naturelle. Je sais de quel mystérieux endroit elle vient, au fond de soi. Je l'ai déjà éprouvée, plus jeune.

Quand notre voiture redémarre, je balaie ma contrariété d'une grande expiration. Je m'ouvre au soleil, tout près, qui donne des coups de langue.

Nous arrivons à l'entrée du collège en même temps, Éloïse et moi. Elle s'approche et me tend son visage, que j'embrasse à la façon des Français. J'aime ses joues. Elles ont de la chair à revendre. Ses bras me touchent toujours autant. Leur couleur ocre rouge va bien avec ses vêtements et la texture du ciel. Ils s'amusent avec l'air, comme les anguilles avec la mer. Ils sont vivants, originaux, fragiles. On dirait des colliers de perles nacrées. Des objets très purs, fabriqués au creux d'une huître. Ils sont indépendants. Ça m'arrive de rencontrer des gens dont les bras donnent l'impression de faire leur vie à eux, sans se préoccuper du reste du corps, mais c'est rare. Je trouve ça beau.

Je m'abîme les yeux à détailler le poignet droit d'Éloïse et aperçois une zone plus foncée au niveau du canal carpien, une sorte de constellation avec de minuscules taches de rousseur. Des graines dorées. Je voudrais les lui arracher et les manger. Avoir cette beauté dans mon ventre. Cette pensée échoue en moi une seconde. Je me dis que je suis folle. Éloïse me dévisage à cet instant. Ses yeux sont des lunes grises. En fait, non, je ne suis pas folle de vouloir manger les bras de cette fille. Les fous, ce sont ceux qui n'ont pas de pensées bizarres. La vraie folie c'est de réfléchir de la même façon que les autres, d'imiter leur comportement, reproduire à l'infini la vie de ses semblables, devenir la copie de quelqu'un. Suivre les règles sans les questionner, ne pas s'écouter, ça, c'est l'aliénation. On est tous uniques, en réalité. J'ai le droit de vouloir manger les bras d'Éloïse. J'ai le droit de rêver, de délirer.

Nous nous dirigeons vers la cour.

« C'est la première fois qu'il y a une Chinoise dans ma classe, c'est trop cool. Tu n'as pas chaud, habillée comme ça ?

— Il fait cinq ou six degrés de moins qu'hier, je ne trouve pas qu'il fasse si chaud. Chez nous, cette température est courante.

— C'est où, "chez nous" ?

— Pékin. Ma mère vient de Shenyang et mon père de Shanghai, mais on habite dans le centre de Pékin, près de la Cité interdite.

— Ouais, je vois, il y a eu plein de films là-dessus. Et Shenyang alors, c'est où ?

— Dans la province du Liaoning, pas loin de la Corée du Nord.

— Est-ce que là-bas aussi, les gens qui écoutent de la musique américaine vont en prison ? »

Je ris. Éloïse n'insiste pas.

« C'est fou comme tu parles le français !

— J'étais dans une école française, en Chine. J'ai une passion pour la France, depuis toute petite.

— C'est pour ça que vous avez déménagé ici ?

— Non, c'est à cause de mon père, il a été muté.

— Tu m'impressionnes. Tu dois être très maline, pour parler comme tu parles.

— Le féminin de malin c'est "maligne", pas "maline".
— T'es sûre ?
— Hm. »

Éloïse m'observe sous toutes les coutures. Ses yeux sonnent mon esprit. Son regard me fait presque peur. Je pense aux chercheurs d'une université texane qui viennent de découvrir une nouvelle espèce de reptile dans le ventre d'un serpent corail d'Amérique centrale – drôle d'endroit pour faire la rencontre d'une engeance inconnue. On a baptisé cette créature *Cenaspis aenigma* : « mystérieux serpent dîner ». Sa caractéristique la plus étonnante porte sur son sexe, ses hémipénis, qui chez la plupart des serpents du même genre sont ornés d'épines et qui, chez lui, sont revêtus de structures pareilles à des coupes, leur donnant une apparence d'alvéoles de nid d'abeilles. À la manière dont Éloïse continue de me dévisager, j'ai l'impression que c'est moi, le mystérieux serpent dîner dont on vient de faire la découverte.

Au bout d'un moment, elle me dit : « Tu me donnes envie de chanter, je ne sais pas pourquoi.
— Ben, vas-y, chante.
— Quoi ?
— N'importe quoi, mais en français.
— Je ne connais pas de chansons françaises.
— Même pas Édith Piaf ? »

Dommage, j'aurais aimé l'entendre pousser la chansonnette. J'aime beaucoup discuter avec Éloïse, surtout à cause du timbre de sa voix. Il est tout à fait en accord avec ses bras. Fragile. Attendrissant.

Il nous reste encore quelques minutes avant que la cloche ne retentisse. J'en profite et fais goûter à Éloïse des gâteaux de lune que ma mère a achetés pour la fête de la Mi-Automne, célébrée le quinzième jour du huitième mois lunaire et qui tombe le 13 septembre, cette année. J'attends sa réaction, mais rien, Éloïse n'a pas le goût à exciter sa bouche avec d'inutiles commentaires, elle est encore dans l'expérience de la dégustation. Ses yeux s'ébranlent. Vu sa tête, je dirais que le goût ne lui déplaît pas. Elle finit par me demander pourquoi on les appelle les gâteaux de lune et je lui rapporte les deux légendes de la naissance du *yuebing*. La première date de la dynastie Yuan : à l'époque, Zhu Yuanzhang, le futur empereur de la dynastie Ming, prévoyait de fomenter une insurrection contre l'empire Yuan au pouvoir, et il avait caché des messages secrets à l'intérieur de ces petits gâteaux avec un plan d'attaque précis à l'intention de ses soldats. C'est grâce à ce plan que les rebelles Ming sont parvenus à renverser le gouvernement en place et, depuis, cette victoire est célébrée par les Chinois en mangeant les gâteaux à la fête de la Lune. La deuxième légende date de la dynastie Tang : elle raconte l'histoire de Chang'e, la femme qui s'est envolée vers l'astre de la nuit. Il y a très longtemps, la Terre était entourée de dix soleils et il y faisait si chaud que les mers s'asséchaient et les hommes s'éteignaient. Un jour, Houyi, un archer prodigieux, décocha ses flèches en direction du ciel et abattit neuf soleils. On célébra le sauvetage de la Terre et l'avènement de ce héros en le hissant sur le trône, mais il s'avéra qu'il avait moins de talent dans l'exercice du pouvoir que dans le maniement des arcs. Le potentat, rêvant de transformer son peuple en esclaves et de régner à jamais, finit par voler l'élixir de vie éternelle à Wangmu Niangniang, la reine mère céleste, puis il s'empressa de mettre le royaume à feu et à sang. On aurait pu craindre la fin du monde, mais sa femme Chang'e réussit à subtiliser l'élixir et quand elle eut terminé de le boire, elle décolla lentement du sol, se mit à flotter et s'envola jusqu'à la lune, libérant la Terre de son tyran.

« Cette Chang'e, elle est toujours sur la lune ?

— Sur la lune, je ne sais pas, mais quelque part dans l'espace, ça c'est sûr.

— Elle doit être triste, toute seule dans l'immensité du cosmos. »

Éloïse lève la tête vers le ciel. Une tache brune apparaît et disparaît entre deux nuages, c'est l'ombre de Chang'e qui se baguenaude.

5

À la récréation, Jade et son groupe d'acolytes n'arrêtent pas de nous bigler, Éloïse et moi. Ils font des drôles de têtes, surtout Jade, que j'imagine en train de ressasser les images des deux Chinoises dans la Jaguar. D'un coup, elle met sa bouche en cul de poule et gonfle ses joues. Elle souffle dans une sarbacane invisible et m'envoie des piques. Ça m'oblige à me déplacer pour ne pas me les prendre en pleine poire. Éloïse remarque mon attitude bizarroïde, ma tête qui bouge dans tous les sens. Elle me reluque drôlement.

« À propos, j'ai remarqué, t'arrêtes pas d'appeler le prof "professeur", en classe... Ça se dit pas trop, tu sais. Ça fait un peu vieux.

— Je comprends, mais je préfère appeler les choses et les gens par leur nom.

— On va se moquer de toi.

— Ça ne me gêne pas.

— Comme tu veux.

— Je sais.

— Tu me fais rire.

— Vraiment ? »

Je vérifie que mon pouvoir humoristique est bien réel et bouge mes yeux très vite de gauche à droite en fronçant mes sourcils pour imiter l'expression de l'*Uroplatus phantasticus*, le gecko satanique à queue en feuille dont les sourcils extraordinaires me font penser au personnage de Rock Lee dans le *shonen manga* de Masashi Kishimoto.

Éloïse me complimente : « T'es trop drôle. Ma mère, elle dit que les Chinois, en général, ils sont pas drôles. Pas drôles du tout, même. Ils savent pas ce que c'est que se distraire, prendre des vacances. Ils savent seulement travailler. Alors, c'est vrai ? Vous êtes tous des super bosseurs ?

— C'est quoi, "bosseur" ?

— Ben, des travailleurs !

— Sans doute, si ta mère le dit...

— Pourquoi tu te mets toujours au fond de la classe, alors ?!

— Pour les premiers jours, je préfère. Je peux voir tout le monde comme ça, et retenir les noms. »

À côté du groupe de Jade, d'autres élèves de notre classe se sont attroupés. Éloïse en désigne un au hasard, puis un autre.

« Ah oui, et lui alors, il s'appelle comment ?

— Ethan.

— Et lui ?

— Mickaël.

— Et elle ?

— Laure.

— Et lui ?

— Lucas.

— Et elle ?

— Alix. »

Elle continue, essaie de me piéger. Je suis incollable. Impressionnée, Éloïse se tait. Je ne cherche pas à meubler. Elle non plus. On laisse le blanc s'étendre. Comme il fait chaud et humide, même si la température a baissé, Éloïse essuie son front avec le revers de son tee-shirt. Elle affirme qu'elle n'en peut plus, qu'elle tuerait père et mère pour un peu de fraîcheur. Je lui dis : « Vraiment ?! » Elle répond : « Oui. » Je n'insiste pas. Elle prend du temps à s'essuyer, répète ses mouvements plusieurs fois. Ses gestes me plaisent. Le bras qui frotte son front fabrique de l'enchantement.

Tout à coup, un garçon s'approche juste au moment où je m'apprête à attraper la main d'Éloïse pour l'obliger à s'arrêter, parce que si elle continue de bouger avec autant de noblesse, je vais devoir lui sauter dessus, la respirer à fond, la mordiller, la lécher, des trucs comme ça.

Le garçon est assez grand et plutôt baraqué pour son âge. Il doit être au moins deux classes au-dessus de la mienne. Ses cheveux blonds en jettent. Il porte un jogging à rayures orange. Ses jambes n'en finissent pas, son visage est une caresse. Je voudrais le prendre dans mes bras et lui voler quelques mèches de sa tignasse. En Chine, j'ai fait des albums entiers avec des collections de cheveux de touristes kényans, sénégalais, suédois, iraniens, hongrois, égyptiens, chiliens, équatoriens, espagnols, luxembourgeois, singapouriens, indonésiens, français, corses, italiens de Sicile, de Naples. Des gens de partout dans le monde à qui j'ai, la plupart du temps, coupé une mèche à leur insu, pour ma collection. J'ai aussi un cadre avec un échantillon de cheveux argentés ayant appartenu à un enfant de Reggio Emilia qui avait une maladie rare, responsable de la couleur fabuleuse de sa chevelure. Lui, il m'en avait fait cadeau. En Chine, j'avais toujours des ciseaux sur moi. Mais j'ai décidé de ne pas continuer cette collection pendant mon séjour à Nice. C'est mieux de faire profil bas, je ne suis pas chez moi ici, je ne veux pas choquer mes camarades en risquant d'être aperçue en train de courir derrière un élève avec une paire de ciseaux, à vouloir lui subtiliser des mèches. On pourrait avoir envie de m'envoyer à l'asile.

Le garçon s'approche. Il a un beau sourire.

« Je crois que tu lui plais, souffle Éloïse. C'est Ethan, le frère de Mickaël. Il est mignon, hein ? Tu veux que j'aille lui dire que t'aimerais bien sortir avec lui ?

— ...

— T'aimerais pas sortir avec lui ?

— Il a au moins quatorze ans ! Et c'est un peu rapide, de toute façon.

— Ben non, si tu le trouves beau, vas-y !

— Si je devais sortir avec un garçon, il faudrait d'abord que je ressente quelque chose de fort.

— T'as jamais eu de copain en Chine ?

— Non. Mais il y a un arbre dans la rue où habite ma prof de français, à Pékin. Un ginkgo biloba. Je l'aime beaucoup. Si ça avait été un être humain, je crois que j'aurais pu en tomber amoureuse. »

Éloïse se demande si c'est du lard ou du cochon. Le temps s'arrête.

« Tu serais pas un peu surdouée, toi ? Les surdoués ont des idées bizarres, et ils savent tout sur tout.

— ...

— T'as l'air gênée... T'es vraiment une surdouée, c'est ça ?!

— Je préfère l'expression "enfant à haut potentiel".

— C'est pareil.

— Il y a une nuance.

— J'ai entendu dire que c'est important d'être précis, pour les gens comme toi. La vie doit pas être facile quand on est obsédé par les détails !

— La facilité ne mène nulle part. C'est ennuyeux. Ce qui est intéressant au contraire c'est ce qui est difficile, ce qui coûte.

— Tu vois, t'as réponse à tout. C'est normal, t'es une surdouée. Il y en a beaucoup des comme toi, en Chine ?

— Je ne sais pas. Les seuls que j'aie rencontrés ne sont pas chinois.

— Tu connais qui ?

— Michael Kearney, un Américain diplômé d'anthropologie à l'âge de dix ans, qui a appris à lire à dix mois et enseigne à l'université depuis ses dix-sept ans. On s'est rencontré pendant une conférence à Shenyang, et on a sympathisé. J'ai aussi vu un reportage sur Laurent Simons, un Belge qui a obtenu son bac à huit ans.

— T'as déjà fait un test de QI ?

— Oui.

— Alors ?

— Quoi ?

— Ben, le chiffre !

— Je ne sais plus.

— Tu parles ! Allez, dis... Dis, Lucie. S'il te plaît ! Allez, fais pas ta timide !

— Ça n'a pas d'importance.

— Je veux savoir !

— Ça ne veut rien dire. Beaucoup de gens ont un gros QI et une toute petite âme.

— T'as jamais essayé de sauter une classe, ou deux ?

— On l'a proposé à mes parents, mais je leur ai demandé de refuser. Je préfère prendre mon temps.

— Mais c'est hyper cool d'aller plus vite que les autres !

— Moi, je préfère ne pas trop me dépêcher. La lenteur est plus intéressante. La rapidité engendre le vide, et la bêtise.

— J'ai du mal à te suivre.

— Je veux dire que ce qui va trop vite ne prend pas le temps de regarder. Si t'es dans un véhicule qui roule à mille à l'heure, par exemple, même si t'as les yeux collés à la vitre, tu ne vois pas grand-chose du paysage. On récupère plus d'informations de la réalité en allant pas à pas.

— T'es vraiment un petit génie. Moi, je ne sais même pas si je pourrais apprendre le chinois un jour.

— Si tu aimais cette langue, tu pourrais.

— Qu'est-ce que tu veux dire ?

— L'amour, ça rend intelligent. »

Pendant le cours de physique, Jade n'arrête pas de se tourner vers moi. Elle n'écoute pas. Dommage, il est question de propagation de la lumière, elle pourrait en prendre de la graine. J'observe en détail son visage : ses lèvres charnues, la fierté de ses pommettes, ses yeux fauves un peu écartés, ses oreilles aux lobes imposants.

Quand la cloche sonne la fin des cours, tous les élèves se précipitent en même temps vers la sortie. Éloïse m'avait prévenue, elle doit se rendre à une leçon de piano et file sans m'attendre. J'ai tout mon temps pour ranger mes affaires. Une demoiselle se cogne à la vitre. J'ouvre la fenêtre et la regarde s'envoler, ça me donne envie de pleurer. Je ne sais pas d'où me vient la tendresse infinie que je ressens vis-à-vis des insectes, et ça ne me dérange pas de ne pas savoir. Le sous-ordre des zygoptères me fascinait quand j'étais plus petite ; aujourd'hui, ce sont clairement les coléoptères. L'un de mes préférés est le scarabée cardinal à tête rouge dont les ailes – ou élytres – sont d'une couleur presque fluorescente. Son nom de scène est *Pyrochroa coccinea*.

Je suis la dernière à quitter la classe. Le couloir est vide. Pas un son, pas une âme. J'avance dans la nudité. C'est agréable. J'aime cette chaleur humide. À Pékin, elle est beaucoup plus sèche.

Tout à coup, une main se pose sur mon épaule. Je me retourne, c'est Jade. Ses yeux sont des crampons. Je les laisse s'agripper au sommet de mon intimité. Ils sont comme des hyènes qui hurlent et auraient faim de chair humaine. Jade est une guerrière. Elle me parle et sa voix est une lance.

« C'est quoi ton problème ? T'as fait que me mater pendant le cours...

— Je ne comprends pas ta façon de parler.

— T'es débile ou quoi ?! Pourquoi tu me regardais sans arrêt tout à l'heure ?

— Je te trouve jolie.

— C'est ça, ouais...

— Si.

— Tu l'as eu où ton cache-cœur ? Tu vas à un bal ? »

Je ne réponds pas et m'éloigne. Jade me suit.

« Eh, toi, eh oh, toi ! Je te parle ! Tu vas à un bal ?

— Pardon, mais j'ai du mal à comprendre ton français.

— Faut te soigner.

— Je ne suis pas malade.

— J'aime pas comme t'es habillée.

— Ce serait triste si tout le monde aimait les mêmes choses.

— Tu sais, c'est mauvais pour ta réputation de traîner avec Éloïse, c'est une zoulette !

— Je ne comprends pas.

— Une kahba.

— ...

— Une keh... une pute, quoi.

— Elle a des bras magnifiques.

— Hein ?!

— Ses bras sont extraordinaires.

— J'avais raison, t'as vraiment un problème ! »

Jade s'approche de ma nuque, essaie de me renifler. Je fais trois pas en arrière. Elle, trois en avant. Je recule encore.

« Il paraît que les Chinois, ça pue. Fais voir si tu pues ! » Elle agrippe mon bras, m'attire vers elle, colle son nez dans mon cou. « Ah ouais, carrément... C'est vrai, tu pues le nem !

— Je ne mange pas de nems. C'est vietnamien ! »

Je souris, touche l'épaule de Jade du bout des doigts puis j'applique ma main tout entière sur son omoplate, en la maintenant dans cette position sans faiblir. Je veux sentir son corps vibrer. Je ne dis rien, rien de méchant en tout cas. Je reste de marbre. Je ne bouge pas. Quand elle s'y attendra le moins, je jetterai du velours dans sa violence, juste pour qu'elle s'apaise, que la beauté de son esprit renaisse, même un bref instant. Je ne ferai rien tant que des pensées claires et lumineuses ne se mettront pas à brasiller dans sa caboche. Juré, craché.

Jade sent que je suis déterminée parce qu'elle fait une moue de protestation tout en essayant de retirer ma main de son épaule, mais je l'en empêche en la compressant. Elle tremble. À ce moment-là, l'image d'une forêt vulnérable frappe mon esprit. Un cheval court à perdre haleine entre deux allées de chênes verts et de pins sylvestres. Il trébuche, tombe, se cogne la tête sur une grosse pierre. Je reviens alors à la réalité, retire ma main de l'épaule de Jade et la remercie d'avoir pris le temps de discuter avec moi. Ses yeux mordent. Sa haine, je la sens qui respire. Je ne réagis pas. Je restaure mon sourire et lui en offre le sel. Les sourires, comme la mer, contiennent du sel.

6

Il est 18 heures. Je suis affamée. En Chine, nous serions déjà à table à cette heure-ci, mais ma mère étant cafardeuse, elle se laisse aller depuis notre arrivée dans la région niçoise et néglige les repas. La combativité ne fait pas partie de ses principaux attributs et quand les temps sont difficiles, le moral au plus bas, ou que les événements ne vont pas dans le sens espéré, elle s'embourbe. Du reste, si elle avait un tempérament plus batailleur, elle ne serait pas attirée par les morosités de façon aussi excessive. Musique mélancolique, poésies déprimantes, géographies ingrates, objets, matières qui convoquent le chagrin ou la désolation l'inspirent depuis toujours. *A contrario*, les choses figurant l'allégresse, comme *La Marche de la poupée de chiffon* de Debussy, l'ouverture de *La Flûte enchantée* de Mozart, la mer, les églantines, le soleil, tout cela a tendance à l'irriter, autant sur le plan moral qu'épidermique. Dans la même logique, les matières douces comme la soie, l'alpaga, le crâne d'un chauve lui sont indifférentes. D'ailleurs, elle se régale quand mon père a une barbe de trois jours, et elle l'empêche d'approcher lorsqu'il vient de se raser. Aux animaux à fourrure à l'instar des zibelines, Jing préfère ceux à carapace et à peau dure : les tortues, les hippopotames, les crocodiles.

En fait, tout ce qui rappelle à ma mère une vision un peu crochue de la vie attire davantage les faveurs de ses yeux. La plupart de ses connaissances à Pékin sont comme elle : rudes. J'essaie souvent de l'encourager à se poser des questions sur ses goûts, ses choix d'amitié, mais rien, pas de réaction. Même si je fais attention à ne pas la brusquer, je veux l'aider à prendre conscience qu'au fond, ne pas aimer les choses harmonieuses et fréquenter seulement des personnes renfrognées, toujours de mauvais poil et prêtes à critiquer à tout va, ce n'est qu'une façon de se faire du tort à elle-même et à son proche entourage (en l'occurrence son mari et sa fille), de justifier son manque de confiance en se persuadant qu'elle ne mérite pas mieux parce qu'elle est effectivement une moins que rien comme ses parents l'en ont persuadée quand elle était enfant, à coups de cravache et de pied au cul. Rien à faire, ma mère reste de marbre. Déplorable ! Parce qu'à la longue, on nuit à sa santé en ne se donnant aucun crédit et en traînant à ses basques des rouspéteurs défaitistes.

En fait, comme ma mère n'aime pas les palabres et encore moins les affrontements, il est naturel que depuis tout ce temps elle ait préféré le silence aux explications. Un jour peut-être. Tout arrive. Une catastrophe survient et les choses changent. Je garderai toujours la foi en la capacité de chacun à s'améliorer (moi incluse) et si je peux aider ma mère à modifier ne serait-ce qu'une seule chose dans son caractère, en ouvrant une porte de son esprit, ça vaut le coup d'essayer. C'est très chinois de s'en remettre au mutisme comme elle le fait. Aucun Chinois n'aime perdre la face et, à ce sujet, mon désir de la faire perdre le plus souvent possible à ma mère en la confrontant à ses déficiences prouve encore une fois ma théorie avancée plus tôt concernant l'origine de mon âme, dont il ne fait aucun doute qu'elle est française. Plus j'y réfléchis, moins je comprends ces comportements qui consistent en toutes circonstances à refuser de reconnaître ses torts. C'est contre-productif parce que bouder ses défauts les encourage à attaquer de plus belle. À l'inverse, si on leur sourit, ils ont tendance à s'éclipser.

En réalité, même si je reste adepte de la transparence, en accord avec ma volonté de grandir les esprits, depuis quelque temps je fais attention à ne pas trop bousculer ma mère. Je garde la plupart de mes critiques pour moi. J'ai lâché quelque chose. Au fond, c'est à Jing de décider si elle a envie ou non de modifier certains aspects de sa personnalité, je peux juste l'aider à s'améliorer un chouïa en la mettant sur la voie, c'est tout. Je sais bien que les parents ont du mal à reconnaître que les enfants sont là pour les élever et non l'inverse. C'est normal, cette prise de conscience les mettrait dans une position inconfortable.

À dire vrai, je suis assez triste de certaines réflexions que j'ai pu balancer à ma mère quand j'étais enfant, d'autant que je suis sûre de ne pas être étrangère au fait d'être sa fille. Selon moi, on choisit ses parents, même si c'est souvent pour les pires raisons. Notre âme les repère depuis tout là-haut, elle se cabre, baisse la tête, fond sur sa proie et *tac*, en deux temps trois mouvements la voilà qui se retrouve dans le buffet d'une femelle. Bref, pour en revenir à mes remords, je dois vous parler d'une anecdote tout à fait fondatrice.

Jing était venue me chercher à l'école ce jour-là. J'avais à peine cinq ans. Nous étions convenues de faire un tour au jardin Tuanjiehu, à côté de Sanlitun. J'aime beaucoup cet endroit : il y a des espaces de jeux pour enfants et près du parc aquatique une place où les personnes âgées dansent sur des chansons chinoises traditionnelles, de la musique indienne de Bollywood et où d'autres de tout âge s'exercent au *jianzi*, le jeu de volant dont l'origine remonte à plus de deux mille ans. Fascinant de voir se mêler leur agilité dans cette danse des souffles et de l'exultation, j'adorais ça. Je pouvais rester des heures à ne rien faire d'autre que fixer les volants, observer la frénésie des mouvements. Allez savoir pourquoi, j'étais bougonne ce jour-là et tenais absolument à ce que ma mère me prenne dans ses bras, mais elle était fatiguée et ne voulait pas céder. J'ai pleuré. Je l'ai mitraillée avec des pains de méchanceté et, sans prévenir, je me suis jetée dans ses bras. Elle a hurlé. J'ai hurlé. Elle essayait de me repousser. Je résistais, me cramponnais à son cou. Elle se contorsionnait à la manière d'un souriceau pris dans un piège. Finalement, elle m'a mordu le poignet et j'ai lâché. Elle a fait un pas en arrière, s'est positionnée bien en appui sur ses deux jambes, comme une bête en arrêt. Ses yeux criaient. Je ne voulais pas m'avouer vaincue. J'avais du feu dans la poitrine. Ça bouillait. Je me suis jetée dans ses bras une nouvelle fois. Elle m'a repoussée encore. Je revenais inlassablement à la charge. J'allais porter le coup de grâce. Je la dévisageais. L'air rougeoyait. Il y avait des filets de sang aux commissures des nuages. Je sentais le souffle fragile de ma mère, de plus en plus fébrile. Soudain, j'ai jeté : « Je voudrais que tu sois morte. Morte. Morte. MORTE. » Ma mère a défleuri d'un coup. Mes mots ont récuré son âme. J'ai cru que la magie de mon verbe allait réellement la convaincre de passer l'arme à gauche. « Bien fait, que je me disais, tu as payé ta trahison ! » Je jubilais. Du miel coulait dans mes tissus. Jing continuait de se décomposer. Son visage s'amochait. « Je veux que tu en baves des ronds de chapeau. Je veux que tu souffres jusqu'à la fin des temps... », ces phrases se répétaient dans ma tête et ma mère s'éteignait. Des larmes se bousculaient. Le silence chauffait. Je lui avais coupé la chique. Soudain, elle s'est approchée, a saisi ma main sèchement et m'a traînée vers la sortie du parc dans une énergie de hâte et de turbulence mêlées.

« On s'en va, déjà ?... »

Elle n'a pas répondu. J'ai senti le torrent de sanglots dans sa gorge. Ça m'a atteinte. Je me trouvais minable. Nous avons emprunté un pont. Jing tremblotait. Elle s'est immobilisée. Elle avait des choses à dire, mais ses lèvres étaient collées. Les secondes lambinaient. Tout à coup, elle a fondu en larmes. J'étais hypnotisée. J'avais des cailloux dans le cœur, incapable de faire le moindre commentaire. Puis, elle s'est agenouillée pour se mettre à ma hauteur et a posé sa main sur ma joue d'un geste tendre : « C'est terrible ce que tu viens de dire, Luxi. » Elle allait poursuivre. Les sanglots tuaient les mots. Elle a juste répété « terrible » deux fois et a baissé la tête.

Depuis ce jour-là, tout a commencé à pourrir entre nous. Ma mère n'a pas supporté ma férocité. Elle s'est détournée de moi par rancune. Sûrement.

Pour en revenir à son tempérament et concernant ses choix de fréquentations bizarres, l'étrange là-dedans c'est que rien de tout ça ne s'accorde avec le caractère vibrant de sa jeunesse, dont j'ai si souvent entendu parler. À l'époque, ma mère sortait beaucoup et avait plein d'amants, de soupirants, une carrière de violoniste prometteuse en route, de la musique jusque sous les ongles. Elle aimait la mer, les balades à cheval, les comédies romantiques et les hommes féminins. Elle fréquentait des artistes, des gens de l'allégresse. Puis, sa fièvre et son entrain l'ont abandonnée, j'ignore pourquoi. En tout cas, Jing n'était pas destinée à devenir mère. Cette responsabilité l'abîme aujourd'hui. Elle l'a éloignée d'elle-même et de sa vie d'artiste. Je ne cherche pas à me dévaloriser ou à essayer de me faire plaindre en évoquant cela. Peut-être ai-je tort, d'ailleurs, on n'est jamais sûr de rien.

Comme la faim s'installe de plus en plus dans mon ventre, je fais un tour dans la villa en appelant : « Maman, maman, tu es là ? Tu t'es noyée dans la piscine, tu t'es fait manger par la bête du Gévaudan ? » (Je dis le mot « Gévaudan » en français parce que je ne connais pas la traduction chinoise.) Je ne sais pas si ma mère a déjà entendu parler de ce loup mythologique, mais je trouve que le mot a du style. Ses sonorités font un peu peur : « gé-vau-dan », on dirait la parole magique d'un sortilège. C'est le terme idéal pour faire sortir ma mère de sa tanière. Ma première rencontre avec ce canidé fabuleux date d'il y a à peine un an, quand j'ai découvert *Voyage avec un âne dans les Cévennes*, de Stevenson. L'auteur le compare au Napoléon Bonaparte des loups, mais moi j'aurais tendance, si je me fie aux descriptions que j'en ai lues, à l'associer au *baku* japonais, cette créature dévoreuse de rêves, tirée d'un mythe chinois. « Maman, maman, je te préviens, je perds patience... Je suis en train d'aiguiser mes incisives... » Mes menaces n'y changent rien, pas de réponse.

Quand j'arrive dans le salon, je découvre Jing allongée sur le divan. Elle dort. Son sommeil est agité. Un bras pend le long de son torse, le bout de ses doigts effleure le sol. J'aperçois des miettes entre les lattes du parquet, un va-et-vient de fourmis acculées à changer de trajectoire pour contourner la montagne de doigts inertes. Je m'agenouille près d'elle, caresse son bras avec le dos de ma main. Sa peau satinée me retourne le cœur. Jing ouvre les yeux. Je vois mille vies frémir dans ses iris. Je saisis sa main et sa paume palpite dans la mienne. Ses existences passées m'apparaissent. Je vois ma mère il y a cent, mille ans. Même sourire, mêmes mains. Quelque chose a persisté de vie en vie dans le regard, la façon de bouger. Le moule est le même !

« Il est l'heure de dîner, maman. Tu veux que j'aille préparer quelque chose ? »

Jing acquiesce en clignant des yeux. Je file dans la cuisine, jette un œil dans les placards et fais mon choix : riz aux petits légumes sautés, tofu, le tout agrémenté d'asperges et de courgettes. J'épluche, je coupe, je coupe encore. Je suis tentée d'ajouter du gingembre, mais c'est un aliment trop yang dont la saveur chaude et puissante convient plus au déjeuner qu'au repas du soir. En dix minutes tout est prêt à cuire, je fais chauffer le wok et c'est parti.

Maman engouffre la nourriture sans faire de commentaire. Ses lèvres remuent comme des limaces. J'imagine un visage végétal à la place du sien. Ses joues, des collines luxuriantes. Ses cheveux, des fougères arborescentes. Une plage à l'endroit de ses tempes. Et ses paupières, des pelures de noix de coco flottantes.

Un instant Jing s'enlise dans ses pensées. J'essaie de la retenir.

« Tu n'as plus faim, maman ? Tu ne veux pas de dessert ?

— Non, j'ai assez mangé. »

Ses épaules se crispent quand elle dit ça. Je devine un cri de douleur contenue.

« Ça va, maman ?

— Oui, oui, t'inquiète. »

Son corps gronde. Je sais qu'elle ment et je me lève d'un bond. Je fais le tour de la table, commence à lui masser le haut du dos.

« Tu as l'air tendu.

— Ça va, chérie, je t'assure.

— Il faut que tu trouves quelque chose à faire, maman ! Tu as réfléchi à mon idée des cours de chinois ?

— ... »

Je continue de masser. Jing se laisse faire à contrecœur.
« Ça va ! »

Comme j'insiste, elle attrape ma main et la retire d'un geste brusque. « Ça va, je te dis ! »

Elle se lève, disparaît dans le couloir.

Je débarrasse la table. Au bout de quelques minutes, j'entends de la musique provenant de sa chambre. Mon instinct me dit d'aller la rejoindre, mon intuition de ne pas y aller. J'écoute mon intuition.

La nuit est solide, d'un noir impeccable qui s'insinue dans les choses. Couchée, je fais un jeu avec mes doigts qui figurent des petits personnages. L'action se passe sur une plage dont les grains de sable sont en réalité les insurgés d'une armée secrète et minuscule de faunes et de djinns s'apprêtant à renverser le monde. Mes doigts sont les chevaliers libérateurs. L'affrontement est sanglant. C'est rigolo. J'alterne entre le chinois et le français et en profite pour glisser dans cette conversation digitale le vocabulaire appris en classe. Il s'agit surtout de noms propres, de fleurs, de plantes, de montagnes typiques des Alpes-Maritimes et dont certains de mes doigts-soldats ont hérité. Lorsqu'ils triomphent enfin, je change de décor et me mets à inventer une histoire policière. Mon pouce de la main droite en est le leader, un flic au langage cru et au visage raviné. Le majeur est un bandit de grand chemin qui défraie la chronique, traîne dans les bars malfamés, roule des mécaniques et fait péter des Gitanes à longueur de journée, ces fameuses cigarettes que fumait Serge Gainsbourg, dont j'ai appris par cœur plusieurs chansons quand j'étais petite, ma préférée étant « L'homme à tête de chou ». En repensant aux paroles, je me mets à chanter à tue-tête, mais comme mes doigts s'impatientent et que le pouce qui joue le gros flic aux Gitanes commence à rouscailler, je poursuis mon aventure policière.

J'entends soudain la clef dans la serrure. C'est mon père. Ses pas s'acheminent dans le couloir. La porte de ma chambre s'ouvre, il entre, ne dit rien, s'assoit sur le bord du lit, me dévisage. Il ne doit pas être loin de minuit, mais je ne fais pas semblant de dormir. La vie est trop courte. Vivre à fond sans jamais faire semblant. La simulation est une plaie. Je le pense sérieusement.

« Tu ne dors toujours pas à cette heure, Luxi ? C'est pas très raisonnable, ça.

— La raison est ennuyeuse.

— Il n'est pas l'heure de philosopher, chérie.

— Il n'y a pas d'heure pour être sage.

— Ce n'est pas à toi d'en décider. Tu es encore une enfant, même si tu es très futée, comme dit ta mère.

— À quoi sert cette intelligence alors, si je ne suis pas libre de réfléchir par moi-même et que je dois juste obéir à mes parents ? Tu peux me le dire ?

— Non, je ne peux pas. Il y a des règles et il faut juste s'y conformer.

— Ça ne sert à rien, papa. En plus, je sais que tu ne penses pas ce que tu dis. »

Le visage de mon père s'éclaire. Ses lèvres dansent.

« Tu vois, tu souris.

— Je ne souris pas parce que je suis d'accord.

— Mais oui, c'est ça...

— Ne sois pas insolente.

— Je veux simplement être honnête.

— C'est fatigant.

— Je vais essayer d'être un peu plus hypocrite, alors.

— Oui, ça nous fera des vacances.

— C'est pas gentil de dire ça.

— J'ai eu une journée éprouvante, Luxi.

— Je comprends. Mais tu ne m'as même pas embrassée...

— Tu es grande, maintenant !

— On est en France, papa. Les grands s'embrassent dans ce pays ! »

Pas de réaction de mon père. Mes pensées s'obombrent. Je fais ma tête de cumulonimbus. Il va pleuvoir dans mes intimités. Mon père, comme je le prévoyais, s'adoucit. Il attrape ma main, dépose un baiser sur ma paume. Ça chatouille. Je ris. Lui aussi. Papa est magnifique quand il rit, on dirait une petite musaraigne.

« Ça te va comme ça ?

— Pour ce soir, ok. Mais demain, je crois qu'il faudra que tu investisses dans un vrai baiser !

— Tu es ma petite fée, tu sais ça, hein ?

— Et toi tu es mon papa fantôme, tu le sais aussi, n'est-ce pas ?! »

Wei rit une nouvelle fois. « Bon, allez, dors !

— Tu prends le petit déjeuner avec maman et moi demain ?

— Je pars très tôt.

— Quelle heure ?

— Six heures.

— Je vais me lever pour toi !

— Il est minuit, chérie, non, tu ne vas pas te lever. Tu attendras 7 heures, comme d'habitude. »

Je ne réponds pas. Mon père se redresse, sort de la chambre sur la pointe des pieds. Des pas fragiles de léopard des neiges.

7

« Le jour s'en va et la nuit est tombée.
Charles dort, le puissant empereur.
Il rêva qu'il était dans le grand défilé de Cize
Et qu'entre ses poings il tenait sa lance de frêne.
Le comte Ganelon la lui a arrachée,
Il l'a si violemment brandie et secouée
Que vers le ciel en volent les éclats.
Charles dort tant qu'il ne se réveille pas. »

La professeure interrompt Mickaël et me demande de poursuivre la lecture de la *Chanson de Roland*. Je n'entends pas. Dehors, sur le rebord de la fenêtre, une abeille blessée attire mon attention. Recroquevillée sur elle-même, elle tente en vain de décoller. Ses ailes ne parviennent pas à se déployer entièrement. Elle vrombit.

« Lucie, tu es avec nous ? Lucie ?... »

Éloïse, assise à côté de moi, me donne un léger coup de coude. Je sors de ma rêverie dare-dare et poursuis la lecture.

« Oui, pardon professeure...

À ce rêve succéda une autre vision.
Il était en France, dans sa chapelle, à Aix.

Au bras droit un féroce verrat le mordit.
Du côté de l'Ardenne il vit venir un léopard
Qui violemment s'attaqua à son corps même.
Du fond de la salle un vautre dévala
Qui courut à Charles au galop et par bonds.
En premier au verrat il trancha l'oreille droite
Et livra un combat furieux au léopard... »

Je m'arrête soudain.

« Désolée, professeure, mais je ne veux pas continuer.

— Qu'est-ce qui ne va pas, Lucie ?

— Lire ce texte, c'est transmettre de la souffrance. »

Jade me coupe la parole. « C'est n'importe quoi, madame. Elle est malade... »

Éloïse pouffe. Son regard croise celui de Jade qui lui fait des signes de la main, indiquant que je suis folle. Cette collusion me salit. Je sens une compression dans la poitrine et me tourne vers Éloïse. Je lui souris pour conjurer le sort. Elle se sent obligée de me répondre et ses lèvres s'amochent dans ses risettes. Il est évident qu'elle est gênée d'être assise à côté de moi, avec tous ces yeux rivés sur nous. Je m'approche, voudrais lui chuchoter un mot gentil, mais elle recule sa chaise, dont les pieds en métal ripent sur le sol en poussant un cri de chat blessé. L'air de la classe devient lourd. Une nuée de craie noire colle ma bouche. J'ai le sang qui fait mal. Je voudrais sortir dans la cour, respirer une dernière fois l'air de l'extérieur et ne plus jamais sentir ce corps dont j'ai parfois la sensation qu'il n'est là que pour me bousculer.

« Jade, s'il te plaît, n'interromps pas ta camarade ! » La professeure s'avance dans ma direction. « Tu sais, Lucie, les guerres font partie de la vie.

— Non, elles font partie de la mort, professeure. Beaucoup de gens sont morts dans cette bataille : 100 000 Sarrasins et 20 000 Français.

— Tu as raison, Lucie. Mais il faut en parler, il faut parler des choses violentes pour qu'elles ne se reproduisent pas. C'est notre devoir de mémoire.

— Sans doute. Mais il faut surtout parler des autres choses. De la gentillesse, de l'art, de l'amour. Pour qu'elles se reproduisent. »

Je suis seule dans mon coin, pendant la récréation. En français, le mot solitude n'est pas loin du mot solide. La solitude appelle la solidité. Les gens qui n'en ont pas peur sont indestructibles.

En partant ce matin, j'ai emporté avec moi mon *Atlas de poche des insectes de France utiles ou nuisibles*. Je dois vérifier une information à propos du *Pyrochroa serraticornis* qui, contrairement à l'un de mes coléoptères préférés, le *Pyrochroa coccinea* ou pyrochre écarlate, a non seulement les ailes mais aussi la tête rouges. Le renseignement obtenu, je range mon guide et sors de mon sac le roman dont je viens d'entamer la lecture. Une main apparaît alors au-dessus de ma tête. Elle recouvre mes yeux. J'entends la voix de Jade.

« *Hello...* »

Il fait noir tout à coup, mais par les interstices entre les doigts de Jade j'entrevois des guirlandes de lumière.

« Ça va, la folle, qu'est-ce que tu lis encore ? »

Je relève la tête, écarte la main. « *Chroniques de l'étrange* de Pu Songling.

— Vraiment ?! Ça a l'air passionnant...

— Ça l'est. Ce sont des contes du XVIIe siècle avec des fantômes, des maléfices, des renards et d'incroyables transmutations.

— “Transmutation”, mais oui, c’est ça... »

Jade pose une main sur mon épaule. Elle replie les phalanges de son autre main, puis, avec son poing, se met à râper fermement mon cuir chevelu.

« Ça fait mal, tu sais. »

Elle s’arrête, reprend, s’arrête. Je ne moufte pas.

« T’aimes ça, non ?!... Eh, on va faire un jeu, je vais t’empêcher de respirer et toi, tu vas étouffer. D’accord ? »

Jade me bâillonne. Elle serre fort. Une douleur s’invite. J’attrape cette main qui viole ma bouche. J’écarte les doigts, tords l’objet alouvi dans tous les sens, jusqu’à ce que les os craquent. Je raie la face dorsale, laboure avec mes ongles. Jade tient le coup. Je tords davantage. Au moment où je sens qu’elle est sur le point de lâcher prise, je bascule la tête en arrière. Ses yeux qui grincent d’une douleur sourde roulent vers les miens. L’assaillante me fixe. Nos lumières s’embrassent. Nos ombres convolent. Une part de moi aimerait la détruire, mais l’autre, la plus forte, s’y oppose. Lui faire du mal, ce serait étriller la beauté. Je décide de baisser pavillon. « Vingt, dix-neuf, dix-huit, dix-sept, seize, quinze, quatorze... » – à un je ne bougerai plus... « Quatre, trois, deux... », le temps se déboutonne. Une autre dimension. Je n’ai pas peur, je m’oublie. Les doigts de Jade sont des barreaux merveilleux. Ils me bercent. Ma bouche s’endort. C’est presque doux. Je déserte mon corps. Te bile pas, lui dis-je, je reviendrai plus tard, quelques minutes, tout au plus. Toi, tu n’as qu’à rester là avec tes muscles au ralenti. Quitter mon enveloppe charnelle n’est pas un moyen d’échapper au supplice, c’est juste une façon de libérer un espace où mon âme pourrait se sentir en sécurité. Jade serre fort. Respirer est une lutte. Désorientée, je cherche à savoir où je suis. Ailleurs. Quelque part. Pas d’esprit, pas de pensées. Du vide, de la paix. Enfin, la douleur s’atténue. En réalité, dès lors que je lâche prise, que j'accepte d'être prisonnière, j'ai moins mal. Moins j'ai mal, plus la tristesse de Jade vient à moi. Elle s'insinue. L'odeur de ses doigts houspille soudain mes muqueuses. Ils sentent la pimprenelle et le sorbier. Je ne l'avais pas remarqué. Un instant, je me laisse envahir par ce parfum. Je suffoque d'une agonie aromatique. Je suffoque encore. Puis, comme l'air me manque trop, j'attrape la main de Jade et la déforme. Elle résiste. Ses doigts glissent sous mon nez, envahissent. Leur parfum investit maintenant toutes les voies de mon être. La pimprenelle jaillit dans mes poumons. Le sorbier cogne mes hanches. Des relents épicés, avec des notes de jasmin, se faufilent sous mes coudes. L'évanouissement n'est pas loin, mais je ne réagis pas. Je pense à Jade. Je veux m'oublier en elle, me transformer, devenir le sang de sa révolte. Je n'éprouve pas de colère, pas de haine. Au contraire, je remercie le Ciel de me donner la capacité d'héberger ce geste sans le maudire. Et, dans cette mer d'épines, je me laisse aller comme une nageuse prise dans un courant qui l'entraîne vers le large, et auquel elle a décidé de succomber.

Sorti de nulle part, j'aperçois alors Ethan qui s'approche. Jade s'interrompt immédiatement. Elle frappe ma nuque du revers de la main et file de l'autre côté de la cour sans se retourner.

« Ça va ? dit Ethan.

— Oui.

— Elle t'a fait mal ?

— Ses doigts ont une odeur de plante sauvage. J'ai bien pu les respirer.

— Tu ne devrais pas te laisser faire.

— Je peux gérer.

— Tu es toute rouge.

— Le rouge, c'est la couleur du bonheur en Chine, celle qu'on utilise dans les mariages.

— Ici, c'est la France. Pour nous, le rouge, c'est la couleur du sang. Tu ne comptes pas te marier avec Jade, de toute façon ?

— Tu connais son nom ?

— Elle est connue comme le loup blanc, dans ce collège.

— C'est quoi, "loup blanc" ?

— Une expression. Ça veut dire qu'elle est très connue.

— J'aime bien les loups.

— Moi aussi. Mais Jade est dangereuse.

— Elle a un regard triste.

— Tu la plains ?

— Je la reçois.

— Je ne comprends pas. Ça ne se dit pas vraiment "Je la reçois", tu sais.

— Moi, je le dis. Je suis peut-être chinoise, mais la phrase est grammaticalement correcte. C'est le sens que je veux exprimer.

— Je vois pas ce que tu veux dire.

— Que Jade est arrivée dans ma vie et que je dois faire quelque chose de ça.

— T'es vraiment bizarre. »

La cloche retentit. Je fais un bout de chemin avec Ethan, qui m'accompagne devant ma salle de classe.

« Si t'habitais en Chine, toutes les filles seraient amoureuses de toi, tu sais !

— Parce que je suis beau ?

— Parce que tu es blond.

— Toi aussi, tu serais amoureuse ?

— Pas sûr. Tu es beaucoup plus vieux que moi.

— Et alors ?

— Je n'ai pas de formes. Je pense que les garçons de ton âge cherchent des filles avec des formes !

— Tu ne réponds pas à ma question...

— Je ne pourrais pas tomber amoureuse de quelqu'un qui n'est pas touché par mon corps.

— Tu me fais rire...

— Et toi, tu pourrais aimer une mioche ?

— Je pourrais.

— Vraiment ?

— C'est l'amour qui compte, l'âge ou les formes, on s'en fout. »

Je rentre dans la salle de classe. Avant de disparaître de la vue d'Ethan, je me retourne vers lui. Il n'a pas bougé. Son visage est une source. Je m'y abreuve. Je veux manger ses joues, grignoter ses épaules. Les gens qui me touchent, j'ai très souvent envie de manger une partie de leur corps. C'est comme ça depuis toute petite. Manger, manger, manger. Aimer c'est manger. Je comprends les adultes qui se dévorent quand ils ont du désir.

8

La journée s'est terminée plus tôt que prévu car le professeur de maths est malade. Je n'ai pas envie de poiroter en attendant ma mère. Je réfléchis à un truc qui pourrait m'occuper. En sortant, j'aperçois Ethan en train de faire une démonstration de mouvements martiaux devant ses copains. Il est gracieux et agile. Par la souplesse de ses poignets, ses gestes me font penser à la boxe du *baihe quan*, « la grue blanche du Fujian », dont la fondatrice est une femme, mais ses figures pourraient aussi s'apparenter à la *Yueshan baji quan*, « la boxe des huit directions du mont Yueshan ». Ethan doit avoir quelque chose de chinois en lui, pour bouger de cette manière. C'est beau à voir. Le groupe qui l'entoure a l'air de mon avis, tout le monde est admiratif.

Je m'approche. La petite bande n'est pas constituée uniquement de garçons. Je compte : une, deux, trois, quatre filles, deux mecs. C'est joli, un gars qui a des amies du sexe opposé. Je les rejoins. Ethan me présente. Je suis accueillie.

Après un moment, il me propose d'aller faire un tour sur sa mobylette, une vieille Motobécane. Je dis : « Ok, mais c'est moi qui décide de l'endroit où l'on va. » Il acquiesce, me tend son casque.

On roule comme des dératés. Je m'accroche. Les muscles de sa ceinture abdominale, déjà bien dessinés, font des vagues dans mes mains.

La mobylette se gare à l'orée d'un champ de pivoines.

« C'est là ? T'es sûre qu'on va en trouver ? dit Ethan.

— Y a pas vraiment de lieu défini. Je sais juste qu'il y en a dans les champs de pivoines. Ils aiment les grandes étendues de fleurs. La beauté attire les insectes.

— N'importe quoi.

— C'est vrai. Ils perçoivent la beauté du monde.

— Pff...

— La nature est vivante. Est-ce que tu savais que les fleurs entendent et émettent des sons pour améliorer leur pollinisation ?

— Je ne sais même pas vraiment ce que c'est, la pollinisation. C'est la sexualité des fleurs ?

— En gros, oui. Une chercheuse israélienne a remarqué que lorsque des primevères du soir détectent des bruits comme la vibration d'ailes d'abeilles, elles se mettent à augmenter la concentration de sucre dans leur nectar, pour les attirer.

— Non ?!...

— C'est la vérité.

— Alors, la vérité de ceux qui connaissent la nature est magnifique. Et toi, reine des fleurs et des rivières, tu ne voudrais pas être botaniste plus tard, ou étudier les insectes ?

— Entomologiste, oui, mais non. Moi, c'est les mots que j'aime le plus. Quand je serai en âge d'avoir un métier, je veux être peintre.

— Si c'est les mots qui t'intéressent, je te conseille plutôt de devenir écrivain !

— Je veux peindre avec des mots. »

Je ne sais pas pourquoi, Ethan est ému. Ça me bouleverse. Il me regarde, avec ses cheveux blonds. Je n'ai pas de ciseaux sur moi, sinon je me laisserais tenter.

« Et si un jour, à cause de l'extinction des abeilles, les fleurs sont anéanties, qu'est-ce qu'on va devenir ? »

Je lui réponds qu'on mourra, nous aussi. Il me dit que je dois avoir raison et que de toute façon, un monde sans fleurs, il vaut mieux crever que d'y vivre.

Je lui prends la main. Il se laisse glisser dans la quiétude avec moi. On s'engouffre dans le champ, slalome entre les joues des pivoines à la recherche du *Pyrochroa serraticornis*. J'aperçois des fourmis, une araignée, pas grand-chose en fait. Au bout d'un moment, on lâche l'affaire et on se met à cueillir des pivoines pour nos parents respectifs. C'est bien comme ça. En arrachant les fleurs, je me dis que je suis en train d'arracher les artères d'un corps qui est aussi le mien. Des larmes montent. Je ne les retiens pas.

« Qu'est-ce que tu as, Lucie ?

— Les fleurs me parlent. »

Nous enfourchons la mobylette, je me serre contre Ethan et les magies de la vitesse nous conduisent jusque chez moi en un rien de temps.

En arrivant aux abords de la villa, j'aperçois ma mère dans le parc. Sa tête est noire.

« Mais qu'est-ce que t'as fabriqué ?!

— ...

— Je t'ai posé une question, Luxi ! T'étais où ?!!!

— J'avais des choses à faire.

— Qu'est-ce que tu racontes ? Tu ne peux pas disparaître comme ça. Pourquoi tu ne décroches pas quand je t'appelle ?!

— Mon portable était éteint. J'ai oublié de le rallumer. Pardon, maman. »

Ma mère n'enfonce pas le clou. Ce n'est pas une personne très expansive, dans l'agressivité comme dans la douceur. Parfois, il y a de la colère en elle et je la ressens, mais elle veille toujours à en garder la maîtrise, ce dont je lui sais gré. Cependant, il lui arrive de voir rouge quand je dépasse les bornes et je pensais bien qu'aujourd'hui, je ne couperais pas au cyclone... Que nenni !

« Tu ne vas pas me punir ?

— Pour quoi faire ?

— Me donner une leçon.

— C'est toi la donneuse de leçons, Luxi !

— Tu ne m'en veux pas ?

— Je suis juste un peu triste. »

Ces mots font du chambard à l'intérieur. J'ai été égoïste en laissant ma mère se pointer pour rien devant le collège. Je ne sais pas ce qui m'a pris de ne pas la prévenir de l'annulation du cours de maths. En réalité, ce n'est pas juste l'envie d'aller faire un tour avec Ethan par laquelle je me suis laissé déborder. Inconsciemment, je voulais sans doute me venger. Jing a été distante ces derniers jours, j'avais besoin de son soutien et elle n'en a pas tenu compte. Ce n'est pas facile d'intégrer une nouvelle école ! Parfois, j'éprouve une certaine rancœur de ne pas sentir ma mère plus à l'écoute, plus causante avec moi. Elle n'essaie jamais de me comprendre, ne connaît pas la tendresse. Certes, cette lacune est le mal de nombreuses mères chinoises dont les parents et les grands-parents ne leur ont pas transmis les gestes de l'affection, mais Jing en est particulièrement avare. Moi, j'aime le côté physiquement exubérant des Français. Je pense que nous, Chinois, enclins à suggérer plutôt qu'à montrer nos sentiments de façon ostensible, nous aurions beaucoup à apprendre du comportement extraverti des Européens. Je ne suis jamais choquée de voir des couples se fouiller la bouche dans la rue, des amoureux se faire des déclarations en public, les bras des parents tâter la chair de leur progéniture comme on tâte un fruit pour vérifier s'il est mûr ; au contraire, ces scènes me réjouissent au plus haut point. En fait, je ne crois pas que ma mère se foute de savoir ce que j'éprouve, dans quelle disposition d'esprit je suis dans telle ou telle circonstance un peu délicate et qui exigerait qu'on en parle, quand, par exemple, je reviens de l'école chagrinée ; mais comme elle connaît ma façon de couper les cheveux en quatre (lorsque je ne suis pas en train de les arracher à quelqu'un pour ma collection), la plupart du temps, elle n'a pas l'énergie d'entamer une discussion. Sur un plan plus général, si je me lance sur les choses de la vie, elle ne manifeste pas plus sa curiosité à mon égard. Un jour que j'évoquais l'immortalité de l'âme et tentais de lui expliquer mon point de vue, elle m'a subitement coupé la parole et m'a dit : « Luxi, tu ne peux pas vouloir que tout le monde pense comme toi. Même si je suis chinoise, j'ai le droit de ne pas être d'accord avec la philosophie bouddhiste », puis elle a changé de sujet et s'est concentrée sur des choses assez inutiles. Je me souviens qu'elle jargonnait au sujet d'une lampe posée sur une desserte dans le salon, qu'elle jugeait démodée et dont elle comptait se débarrasser au profit d'un objet Art déco en émail nacré vert et métal argenté, repéré dans une boutique de Xuanwumen Dajie. Je n'ai plus jamais évoqué mes idées à propos de l'immortalité de l'âme avec ma mère, et je n'en ai ressenti aucun déficit. Ça ne sert à rien d'essayer de la convaincre. Elle n'entend pas. Néanmoins, et même si, depuis des années, j'ai lâché prise concernant des sujets importants auxquels j'aurais aimé la voir s'intéresser, je suis toujours contrariée du manque d'audace dans sa façon de faire évoluer notre relation. Cette fichue ancre qui nous immobilise, j'aimerais pouvoir la lever. Comment m'y prendre ? Aucune idée. De toute façon, ce problème n'est pas d'actualité.

Les secondes s'amollissent. Le temps semble ne plus vouloir avancer. Je me sens de plus en plus piteuse. Ma mère est très belle, avec sa maussaderie. Je voudrais la lui arracher, mais à cause des soleils qu'elle contient, je ne veux pas l'en démunir. Tristesse et beauté sont une seule et même chose chez ma mère. Elle est divine quand elle est sombre. Ses cils de girafe. Ses cheveux de titane. Je n'y avais pas réfléchi jusque-là, mais lui faire de la peine est un moyen de l'observer rayonner, alors je m'y emploie sans complexe, et pas seulement quand je veux me venger de son manque d'attention.

Soudain, j'éprouve une envie irrépressible de sentir la peau de ma mère. À deux doigts de me jeter dans ses bras, je bâillonne la tendresse comme Jade m'a bâillonnée plus tôt dans la journée.

« Est-ce que je dois aller me préparer pour la soirée, maman ? »

Jing sourit à peine. Des grains lumineux se mettent à voltiger. Le pardon n'est pas une chose abstraite, il est un cœur invisible.

« Oui, bien sûr. File prendre ta douche. »

Nous sommes le vendredi 13 septembre et ce soir des collègues chinois de mon père ont organisé une grande réception pour la fête de la Lune. Jing ne s'est pas opposée à cette sortie, et je crois même qu'elle est ravie de sociabiliser un peu. Il y aura une chanteuse originaire de Chongqing et une joueuse assez connue de guzheng, instrument dont les origines remontent au Vᵉ siècle. Les organisateurs ont aussi prévu quelques surprises et je me demande bien de quoi il peut s'agir. Toute la communauté chinoise de la région dont les membres sont en lien avec la société d'ingénierie pour laquelle travaille mon père doit se retrouver. C'est un moment important.

9

Le parc des sports Charles-Ehrmann où ont lieu les séances d'athlétisme est un espace aussi grand que celui où je m'entraînais à Pékin. Aujourd'hui, au programme d'éducation physique : la course de haies.

La piste s'ouvre devant moi. Mes pieds sont bien calés sur les starting-blocks. Je suis confiante, dans un état presque méditatif. La première place m'attend, c'est écrit. Mon corps est une source de joie et cette joie impose la plupart du temps que je sois victorieuse à la course. Ce n'est ni par arrogance ni par fierté. Je n'ai pas le goût de la compétition, j'ai seulement celui du jeu, de l'optimisme et de l'audace. L'audace, l'optimisme et la victoire marchent main dans la main.

Un, deux, trois, partez. Les muscles de mes cuisses se couvrent d'or. Mes mollets ont des sourires. Chaque foulée est une offrande à la gloire de la terre qui l'entend et sacre mes ardeurs. Nous ne faisons plus qu'une, elle et moi, moi et son écorce, moi et sa roche. Il n'y a pas de séparation entre le jaune de son magma et le rouge de mon sang. Je cours, je m'élève. Le vol de mes jambes saisit la surface d'un frisson. Je cours et la pluie fait rage de l'autre côté du monde, des enfants meurent de faim, des femmes se font lapider, des condamnés à mort décapiter, des soleils cacochymes rendent leur dernier souffle et je cours encore et la planète suffoque et appelle, et je cours et je cours, et je cours en son nom pour les abeilles en danger, pour les êtres vivants et les arbres et les lunes. Quand je franchis la ligne d'arrivée la première, loin devant tous les autres, je n'ai pas de fiertés dans la bouche. Mes lèvres sont cousues et mon orgueil assis. Tout va bien. Je suis à ma place. Je prends quelques minutes pour récupérer avant que le groupe suivant ne s'installe puis je rejoins les gradins où attendent les futurs concurrents. En passant, je me fais alpaguer par le bras de Jade. C'est une pieuvre qui m'aspire.

« Je serais toi, je ferais gaffe.

— À quoi ?

— À ne pas trop me la jouer.

— Je ne comprends pas ta façon de parler, Jade.

— T'es vraiment une mongole. Si tu continues à te faire remarquer, on va te faire la peau. »

L'expression m'amuse. Ma peau est déjà faite, la faire à nouveau, ça veut dire la refaire, la parfaire, la tanner, en changer la couleur ?

« Je ne comprends pas.

— On va te crever, tu comprends, ça ?!...

— Tu peux me menacer autant que tu veux. Ça ne sert à rien. Tu es trop jolie. J'arriverai jamais à te détester.

— Tu diras plus ça, quand je t'aurai déchiré la gueule. »

Jade est magnifique. Je me prolonge dans sa beauté.

« Et arrête de sourire comme ça, t'es vraiment une teubée. »

Elle me pousse hors des gradins. Je perds l'équilibre, me rattrape *in extremis*.

« Dégage... Tire-toi de ce collège. On n'en veut pas ici, des Chinetoques. »

Jade se lève, attrape mon bras qu'elle griffe sur toute la longueur, avec sa bague au bout pointu. Du sang bourgeonne. Elle retient mon bras, continue de rayer. Je laisse faire.

Dans les vestiaires, je reste à l'écart. J'ai besoin de me reclure lorsque je me sens vulnérable, c'est-à-dire dans certaines circonstances : quand je médite, que je fais la cuisine, ou écoute de la musique. Pendant ces moments, j'ai toujours la sensation que la promiscuité use quelque chose. Elle atteint un espace qu'elle dégrade. Un lieu de pensées, de rêves, qu'il est important de préserver en le maintenant à distance du reste. Je ne sais pas comment exprimer ça de façon plus claire... En tout cas, mon isolement dans les vestiaires n'est pas lié à un excès de pudeur. Je n'ai pas de problème à me présenter nue devant des inconnus, il s'agit d'autre chose, peut-être plus en relation avec la possibilité de voir mon silence interrompu à un moment où il joue un rôle précieux, où j'ai besoin de lui pour me sentir vivante, m'équilibrer, et en définitive pour être pleinement en harmonie avec moi-même et mieux m'aimer.

En ruminant ce genre de pensées, il m'arrive de songer à mon âge. Bien sûr, je suis lucide sur le fait que ces réflexions ne viennent pas forcément à l'esprit de la plupart des filles de douze ans, mais je ne veux pas juger cette différence, ni me sentir au-dessus du lot juste parce que ma conscience n'appartient pas à celle de mon âge, aux yeux du tout-venant. Ce serait bête. Mes vies précédentes ont peut-être déteint sur moi, c'est une possibilité à considérer. En fait, j'ai toujours eu la sensation de tromper les autres sur mon état, de ne faire que porter un déguisement d'enfant. Il y a en moi des étincelles d'éternité, des bribes d'expériences appartenant à une ancienne incarnation. Je les sens très présentes. Ce ne sont pas des paroles en l'air, ce qui me permet de l'affirmer, c'est un cauchemar récurrent dont je n'arrive pas à me débarrasser. Chaque fois, les mêmes images reviennent en boucle, et à certaines périodes de ma vie, j'y suis confrontée plusieurs fois par semaine. Femme africaine, je suis chef d'un village et vis au fin fond du Niger en pleine brousse tigrée. Le cauchemar se passe une nuit d'octobre pendant la lune du chasseur. Je cours dans les buissons. Mes jambes ont en elles la virtuosité des antilopes. Je me sens libre comme l'air. La fraîcheur de la sorgue ravigote mon esprit. Je bondis et savoure. Soudain, un saut dans le temps, toujours au même moment dans mon rêve, au même endroit de la brousse, entre les deux mêmes bandes de végétation reconnaissables à leur forme d'oreilles d'éléphant. Je me retrouve ensuite téléportée dans un lit. Un homme avec une machette est embusqué dans la chambre et me fixe. Il s'approche. Il a des yeux immenses et globuleux de tarsier. Je veux crier. Les hurlements sont coincés. L'homme pose une main sur ma bouche et, avec l'autre, il enfonce sa machette. La lame bouge dans mon ventre. Je la sens qui culbute l'estomac. Tout est confus. Je coule. Je m'éteins comme une lampe dont l'ampoule vient de sauter.

Depuis des années, je supplie le Ciel de me débarrasser de cette bête noire, de l'éloigner de moi, mais rien. Indéboulonnable. Chaque fois, le cauchemar guette le moment où il va pouvoir piquer une tête dans mon esprit et *paf*, vas-y que je t'agrafe la moelle et te fusille le moral quand je m'y attends le moins. Souvent, en plein jour, le visage de l'homme assassin de mes songes crève mes pensées. La raideur de ses traits. La fureur de ses lèvres. Il est là. Je suis hantée. Alors, oui, je ne viens pas d'un autre monde, mais sans doute d'une autre vie. Mes rêves s'en souviennent... Ce sont des suppositions, il n'y a rien de scientifique là-dedans, bien sûr.

À dire vrai, j'ignore pourquoi je suis cette Luxi-là aujourd'hui, une Chinoise qui se prend pour une Française. Pourquoi cette personne-là et pas une autre, pourquoi née en Chine puisque c'est la France le pays auquel mon cœur appartient ? *Idem* concernant la raison pour laquelle j'aime les mots. Un mystère. Et *idem* encore au regard de l'amour de la métaphysique, aussi douce à mon endroit que le sont les groupes de K-pop coréens aux yeux de certaines adolescentes de mon âge. En tout cas, je ne suis pas vaniteuse. Je n'ai pas la sensation de posséder plus, ni moins qu'autrui. Je suis ce que je suis, c'est tout. Il n'y a jamais eu d'alternative : mon corps et mon esprit se devaient d'être en avance. Ma naissance aussi s'est produite prématurément, sept semaines et demie plus tôt que prévu. Je suis restée en couveuse le premier mois de ma vie. Tout suit une certaine logique de précocité dans mon existence.

À l'autre bout du vestiaire, Éloïse a rejoint Gaëtan et Alix, les meilleurs amis de Jade. En se rhabillant, ils discutent des performances de chacun pendant la course de haies. Jade est divine. Son corps est sculpté dans le marbre, son visage a des reflets de diamant rouge. Ses mouvements viennent de loin. Ses jambes ne bougent pas, elles fredonnent, elles apprivoisent. Je suis émue. Il y a des cristaux d'intelligence dans son regard, de l'ampleur dans sa voix.

Quand elle réalise que je l'observe, elle me fait des yeux de guerre et commence à interroger Éloïse à mon sujet. J'entends tout ce qu'elles se disent car elles font exprès de parler fort, afin de s'assurer que rien ne m'échappe. Difficile de comprendre pourquoi Éloïse se comporte de cette manière, car même si rien n'est officiel dans cette guerre que Jade m'a déclarée, Éloïse est bien indélicate de me délaisser au profit de quelqu'un dont l'agressivité à mon égard se manifeste sans équivoque depuis le premier jour de la rentrée. Je ne comprends pas non plus le message qu'elle cherche à m'envoyer. Cette attitude ne lui ressemble pas. Je sais qu'Éloïse a de l'amour pour moi.

« Vas-y toi, elle me le filera jamais à moi ! dit Jade.

— Je lui ai déjà demandé. Sa mère lui a interdit de donner son numéro, répond Éloïse.

— Et son Insta alors, elle a pas un Insta avec son nom écrit en chinois, un truc comme ça ?

— Ben, j'crois pas. Ils ont pas Instagram en Chine.

— C'est vrai ?

— Ouais. C'est même elle qui me l'a dit.

— Pff, c'est trop la honte ces Chinois... »

Éloïse se rapproche, s'assied à côté de moi. Elle pose sa main sur ma cuisse et fait un mouvement de va-et-vient. Ce n'est pas un geste d'affection, ni d'agressivité. On dirait qu'elle frotte une tache. J'observe avec curiosité sa main idiote. Son bras n'a plus aucune originalité, il a perdu sa tendresse et ressemble au bras de n'importe qui, banal par sa consistance, inutile par son expression.

« Dis, on se demandait avec Jade, comme ta mère veut pas que tu donnes ton téléphone, si t'avais pas un compte Instagram ou Facebook, ou j'sais pas... Un réseau social chinois peut-être, n'importe quoi.

— Non, je n'ai rien.

— C'est juste qu'on aimerait pouvoir rester en contact avec toi en dehors de l'école.

— "On" ?! Je ne comprends pas ce "on", Éloïse.

— Oui, enfin, façon de dire, quoi.

— Je suis triste de cette nouvelle façon que tu as de communiquer avec moi.

— Et arrête de parler comme une vieille, ça soûle à la fin.

— Je sens que tu m'en veux pour quelque chose, mais je ne sais pas quoi. Je t'ai blessée ?

— Pff...

— Tu ne veux pas me faire confiance, Éloïse ?

— Mais vas-y, t'es trop une narvalo, toi. Laisse tomber. »

Je n'ai rien compris. Éloïse s'éloigne, rejoint le groupe de Jade. Je récupère mes affaires, sors du vestiaire.

En traversant le stade, j'aperçois des élèves de la classe d'Ethan qui s'entraînent au saut en hauteur. Ethan s'apprête à bondir. Il s'élance dans l'air avec la puissance d'un champion. Je l'admire à distance. En revenant au point de départ, il me remarque, me fait signe de l'attendre puis se remet en place pour un deuxième essai.

Plus tard, nous nous retrouvons lui et moi près de l'entrée du stade.

« Alors, ta collection d'insectes, ça avance ?

— Non. Mais je ne cherche pas spécialement à la compléter.

— J'ai vu un documentaire sur les abeilles, hier. Elles sont apparues en même temps que les premières fleurs, il y a cent millions d'années. Tu savais ? »

Je baisse les yeux. Une flopée d'idées noires me canarde. Ethan le sent. Il lit en moi.

« Jade finira par se lasser, tu vas voir. Tu veux que je lui parle ? »

Il n'est pas question de me faire aider par qui que ce soit. C'est à moi de gérer cette affaire.

Ethan s'approche, écarte mes chagrins avec sa bienveillance. Il est beau. J'aime sa noblesse. Il ne joue pas les gros bras, ne met pas sa force en avant. Je lui avoue qu'il me fait penser à une écolière chinoise !

« C'est vrai ?

— Ça ne te gêne pas que je dise ça ?

— Non, j'aime bien que tu puisses penser à moi comme à une fille. Alors, pourquoi une Chinoise ?

— Je t'ai vu faire des acrobaties l'autre jour. Tes mouvements sont féminins. Ne le prends pas mal surtout, c'est un compliment !

— Je sais.

— Tu pratiques quel art martial ?

— Je fais de la boxe française, un peu d'anglaise aussi. Et sinon je m'entraîne avec des vidéos. Ces derniers temps, j'ai vu pas mal de trucs sur le "système du tigre blanc" et la "boxe des huit voies de l'ours".

— Tes gestes honorent l'ancien monde.

— Ça veut dire quoi ?

— Que tu as beaucoup de grâce. Tu me fais penser à Guanyin, je ne sais pas pourquoi.

— C'est qui ?

— La déesse de la miséricorde, protectrice des enfants. Tu sais, tu pourrais devenir un maître de kung-fu si tu le décidais. Ou un maître-maîtresse. Tu es doué.

— Depuis toujours, mon rêve, c'est de partir étudier dans un monastère en Chine.

— Si c'est ton rêve, tu vas y arriver. Tu es fort. Et tu as la détermination d'une chenille.

— Les chenilles ont de la détermination ?

— Oui.

— Alors, toi aussi, tu es une petite chenille. Et tu vas bientôt t'envoler. »

Ses sourires me sanctifient. Mes hanches vibrent. Ethan n'a pas besoin de s'exprimer oralement. Les compliments ne sortent pas de sa bouche, mais de partout ailleurs. Ses mains pétillent. Leurs doigts mordent le bout des miens. Leurs caresses font trembler mes paupières. Je n'ai pas de mots. Je souris, succombe au velouté. Ma respiration s'accélère. Je sens comme des piqûres dans mon ventre. Un bourdonnement derrière les joues. Ethan me prend dans ses bras, me serre contre lui. J'ai soif. Le soleil exagère. Je voudrais pouvoir fabriquer du sable, de la chlorophylle, des montagnes et des rivières.

« Plus fort... Plus fort », lui dis-je.

Ethan obéit.

Je ne sens plus mon corps. Ses bras prennent toute la place.

10

L'automne s'incruste. Il fait frais, j'ai dû mettre un tricot. En traversant la cour du collège, une angoisse me saisit. C'est souvent le cas au moment de la reprise de l'école, le lundi. À l'entrée du préau, je rejoins le rang des élèves de ma classe. Jade et Éloïse trépignent quelques mètres devant. Dès qu'elles m'aperçoivent, elles se moquent de mes tresses que j'ai pris soin de nouer en forme d'escaliers et tirent leurs paupières vers l'extérieur pour imiter les yeux bridés, en parlant avec un accent vietnamien. La plupart des Français prennent l'accent vietnamien quand ils veulent parodier les Chinois, n'importe quoi. Jade rigole, fait semblant de dégueuler, Éloïse de se mettre un doigt dans le cul et de le lécher. Leurs regards fichent le choléra. Elles sont barjos. Mieux vaut les ignorer.

Tout à coup, un reflet sur une fenêtre attire mon attention et je fais exprès de le fixer en me répétant une formule découverte l'autre jour sur une affichette vantant le pouvoir de Jésus. Sur l'annonce, il y avait un portrait de lui très équivoque, on aurait dit une femme, et je me souviens de m'être fait la réflexion qu'il en était peut-être une, au fond. J'admire le Christ, mais la religion catholique, elle, ne m'a jamais inspirée, peut-être à cause de la plupart des pontifes qui sont aux commandes, dont je ressens le mal provoqué par le manque d'amour et la frustration, plus que la force compassionnelle. Et aussi parce que les femmes n'y sont pas représentées (comme dans la plupart des religions) ! Le pape, il. Les prêtres, ils. Les apôtres, ils. Les anges, ils. Le Messie, il. Dieu, Il. Pardon, mais la Vierge Marie doit se sentir bien seule parmi tous ces bonshommes. Moi, dorénavant, j'ai décidé que Dieu, ce serait « Elle », la créatrice, la déesse mère qui coiffe les gonzes au poteau. Le Seigneur, non, la Seigneuresse plutôt, la Toute-Puissante, la Grande Architecte de l'univers, elle, elle, elle, elle ! Plus jamais je n'emploierai le pronom personnel « Il » pour caractériser Dieu. Enfin, j'ai trouvé quand même la citation sur l'affiche inspirante et je l'ai retenue : « En vertu de l'amour qui est en moi. En vertu de la lumière qui est en moi. J'invoque les forces d'amour et de lumière des archanges Gabriel, Michaël, Raphaël et Uriel [encore des mecs...]. Je leur demande de faire descendre leur canal de guérison et de me libérer de ce qui m'encombre. Je suis Dieu. Dieu je suis. » Ces phrases, je me les répète vingt-quatre fois en ajoutant juste « elles » à Dieu, Dieu-elles. Une et plurielle. C'est beau de donner des « elles » à Dieu. Je me sens soulagée, d'autant que la parade a bien marché puisque ni Jade ni Éloïse ne semblent plus se préoccuper de mon sort.

La première sonnerie retentit, nous nous dirigeons toutes vers la salle de classe. Avant de s'asseoir à côté de Jade, Éloïse jette un œil torve dans ma direction. Sa trahison définitive me fait mal, mais, ne connaissant pas les raisons de ce revirement, je ne juge pas. Je ne la juge pas, elle non plus. Il y a des phénomènes incompréhensibles dans les agissements de chacun, à commencer par les miens, si bien que je ne peux qu'accepter les conduites aberrantes des autres et chercher à en comprendre les raisons tout en restant le plus neutre possible. Dans tous les cas, les réponses à nos interrogations nous parviennent quand elles doivent le faire, au moment où elles ont décidé de s'éclairer en nous et à cet instant seulement. Si certains éléments de compréhension nous demeurent inaccessibles, c'est parce que nous ne sommes pas prêts à les recevoir, il me semble. Je me trompe peut-être. Je ne sais pas.

Éloïse se tourne une nouvelle fois vers moi avec des yeux sales. La possibilité de lui tirer la langue me travaille. Je ris de ça. La langue ne sort pas. J'ignore ce qui la retient.

À la récréation, Ethan vient vers moi. Je brille pour lui. Ses sourires améliorent ma santé autant que ceux de ma mère. Ce sont des flocons de lumière. Nous marchons de long en large, évoquons la diminution de la biomasse, l'extinction des insectes dont cinq à dix pour cent des espèces ont déjà disparu depuis le début de l'ère industrielle. On discute aussi de certains profs que l'on a en commun, de la vie en général et on enchaîne sur ma vie à moi, la haine à laquelle je suis confrontée. Ethan est inquiet parce qu'il sait la férocité de Jade, jusqu'où elle peut aller. Il me dit qu'un jour, si rien ne change, elle ira au bout de cette violence en construction et commettra l'irréparable. Il en est persuadé. Certaines personnes portent en elles un mauvais germe, c'est malheureux mais c'est comme ça : « Faut de tout pour faire un monde ! » Ses yeux crépitent et il ajoute que Jade tuera mais pas tout de suite, et pas moi. Du temps aura passé avant que la graine létale se développe et que Jade ne succombe aux ardeurs assassines. Quand elle aura trente-cinq, quarante ans ou même plus, que sa ménopause pointera le bout de son nez, alors le moment viendra. La fin de l'activité ovarienne provoque chez les femmes prédisposées à la violence des envies de meurtre selon certains scientifiques, alors quand, déjà, on a ce venin dans le sang, il y a des risques pour que ce bouleversement favorise le passage à l'acte. Ethan rigole de son idée. C'est faux évidemment, mais comme sa mère est gynécologue et que la ménopause est son sujet de prédilection, il trouve le concept amusant.

Malgré sa sympathie à mon égard et l'anxiété occasionnée par les violences que je dois braver, Ethan veille toujours à ne pas me faire porter ses inquiétudes et, pour me détendre, il plaisante dès qu'il en a l'opportunité. Selon lui, je ne dois surtout pas oublier que moi aussi, je suis une chenille. Les chenilles ont de la détermination.

« Tu trouveras le moyen d'arracher les mauvaises herbes du cœur de Jade. Je sais que tu trouveras.

— Merci de dire ça, mais je ne doute pas non plus. Cette âme triste verra la lumière à nouveau. Question de temps.

— Tu me fais rire.

— Je sais. »

Au moment où je m'apprête à entrer en classe, je détecte la présence de Jade derrière moi. Je fais un pas de côté. Elle fonce, me bouscule. Je sens une pression dans mon dos, me retourne. Jade tient un marqueur rouge dans la main. Elle se bidonne, souffle sur le bout du feutre comme si c'était un flingue, et me fixe en prenant une posture de cow-boy à la façon des scènes de duel dans les westerns. Je n'ai jamais aimé les westerns. Je ne comprends pas pourquoi la plupart d'entre eux font la vie dure aux Indiens. C'est un peuple remarquable. Ils étaient là avant les Blancs et ce sont eux qu'on efface et qu'on traîne sur la claie, c'est ignoble ! En retirant mon gilet avant de m'asseoir, j'aperçois la trace rouge laissée par le marqueur de Jade sur toute sa surface. J'aime beaucoup ce vêtement offert par ma grand-mère l'année dernière, le 26 mars, jour de mon anniversaire. Cette tache me contrarie.

Après le déjeuner, en sortant du réfectoire, Ethan aperçoit Jade. La moutarde lui monte au nez tout de suite. Il me demande pardon, dit qu'il ne fait pas ça pour moi, juste pour lui, pour honorer ses valeurs. Il se précipite vers elle, plante bien ses pieds dans la terre et la saisit par le col avec des mains qui abîment.

« Tu vas payer pour ce que t'as fait à Lucie et lui racheter une fringue !

— C'est quoi ton problème ? vocifère Jade. Elle a besoin d'un chien de garde, ta pute de Chinetoque ? Elle peut pas se défendre toute seule ? »

Ethan sort de ses gonds. Il colle son nez sur celui de Jade, bazarde sa foudre.

« Retire ce que tu viens de dire !

— Donner c'est donner, reprendre c'est voler. Je peux pas retirer.

— Je vais te les faire bouffer, tes insultes.

— Tu vas frapper une fille, c'est ça ?!

— J'ai très envie… »

Ethan crisse comme un camion. Il va tamponner. J'interviens, l'entraîne plus loin. Il tremble. Je l'entraîne encore. Nous marchons vers l'espace de l'imperturbabilité. Il y a certains périmètres dans la cour du collège propices à faire émerger tel ou tel état psychologique. Nous nous approchons d'une zone d'équanimité où le soleil a fait un trou. Au bout d'une minute ou deux, Ethan se répare. Nous levons tous les deux la tête vers le ciel en même temps.

« Le soleil est fort aujourd'hui, dit-il.

— Oui, plus fort que tout. Viens, asseyons-nous là. »

Il obéit. Je renchéris : « Bizarre, cette fureur tout à coup ! Tu n'as pas encore la ménopause, pourtant ?!

— Peut-être que si.

— Pff. J'suis sûre que t'as tes règles en ce moment.

— Même pas, me répond-il.
— Menteur.
— Je te jure !
— Tu veux que je mette les mains dans ton fute pour vérifier ?
— Vas-y, mets. »

Je fourre ma main dans son falzar, descends vers le caleçon, attrape sa tige. Elle est chaude et humide, me glisse entre les doigts comme un hareng. Ethan est sidéré.

« Alors là !
— Je t'épate ?
— Un peu.
— On est pote, ou on n'est pas pote ?! Si on est pote, on doit pouvoir tout se permettre.
— Je pensais que les Chinoises étaient plus réservées que ça !
— Je suis française dans l'âme. Peut-être même plus que toi. »

Le premier cours de l'après-midi, c'est histoire-géo avec Mme Scotta. J'admire son teint, sa façon de bouger. Elle est en retard. Les clameurs fusent, on ne s'entend plus. Je me suis assise à côté de la fenêtre pour ne pas rompre tout à fait le contact avec le ciel. Jade, installée quelques rangs devant, s'est positionnée dos à sa chaise afin de pouvoir me zieuter. Elle pousse sa morgue jusqu'à moi, tout au fond, dans ma tendresse, dans mes poumons. Elle pousse fort. C'est un baptême. Je la sens me pénétrer. Un parasite. Je me concentre. Je prie pour le chasser. Le monstre vacille, s'effondre, disparaît. Jade repart à l'attaque. Elle se donne, offensive. Ses yeux m'accrochent. Je soutiens son regard. Nous chauffons. Nos braises se cramponnent. Le feu va prendre. Je ne sais plus quoi faire de ce regard de haine.

Ça ne va pas pouvoir durer comme ça toute l'année, je ne tiendrai pas, il va falloir marquer le coup à un moment ou à un autre, faire montre d'un geste dissuasif à son égard. Je cherche. Des pensées me ballottent, chargent comme des soldats. Subito, je me lève, fais le tour de la classe et viens m'asseoir à côté d'elle. Je la dévisage, souriante. Ça dure. Jade finit par baisser la garde. Un instant, je sens presque de l'admiration dans ses yeux. J'en profite, saisis son cahier, un stylo, et j'écris sur la première page : « Je ressens beaucoup de bonté en toi, Jade. Ça ne sert à rien d'essayer de faire croire que tu n'en as pas. » Puis, je repose son stylo, avance mes doigts qui bâtissent des espoirs, agrippe sa main. Elle la retire aussi sec.

« Vas-y, grosse gouine, mais lâche-moi ! »

Je reprends sa main, la serre vigoureusement.

« Mais va te pendre... Lâche-moi, putain ! »

Je la libère. Mauvaise, Jade se jette sur moi. Nous roulons sous les tables. Des cris, des coups. Jade brûle mes joues. On dirait que ses doigts vont traverser ma chair. Ils viennent en visite. Ils explorent. En réalité, ce sont des voyageurs plus que des vandales.

Des élèves forment soudain une mêlée autour de nous. Ils se rapprochent, beuglent leur soutien à Jade : « Allez, défonce-lui la face à la bouffeuse de chiens, mais vas-y, claque-lui la tronche ! » Jade se déchaîne. Ses ongles dégringolent dans le vif de ma bidoche. Je ne bouge plus. Je laisse faire.

La prof arrive sur ces entrefaites. Les enthousiasmes s'annulent. Tout le monde revient à sa place.

« Qu'est-ce qui se passe, ici ? J'ai trois minutes de retard et ça y est, c'est la panique ?!

— Non, madame, c'est la guerre contre les envahisseurs chinois ! répond Jade.

— Les Chinois ne sont pas des envahisseurs, Jade. C'est un peuple dont la culture et l'ingéniosité ont profité aussi à l'Occident. Sais-tu que ce sont eux qui ont inventé la boussole ? »

Ma première action en arrivant à la maison, c'est de tenter de faire partir la trace de marqueur rouge sur mon gilet. À quatre pattes dans la baignoire, je gratte avec une brosse et de la lessive en paillettes. Je serais contrariée de ne pas pouvoir me débarrasser de la tache. J'y vais franco et constate que l'art du détachage est vraiment un sport. Je pense à toutes ces femmes qui se sont battues avec leur linge, avant l'invention de la machine à laver. La vision d'un vieux lavoir du village de Huangyao, visité quand j'étais petite, me saisit. C'est un lieu apaisé au sud-est de la province du Guangxi, dont on ne dirait pas qu'il a abrité toutes ces mains de femmes usées et appelé, du fond de son âme, tant de siècles de labeur. La tache sur le gilet me résiste et je jette l'éponge. J'entends alors la clef dans la serrure. Ma mère débarque.

« Qu'est-ce que tu fabriques tout habillée dans la baignoire ? »

Je me redresse à contrecœur, impossible de cacher mon visage. Ma mère voit : les traces de griffures, mes lèvres tuméfiées. Elle se fige.

« Tu te bats, maintenant ?

— C'est juste une petite bagarre, comme ça.

— Comme ça ?!

— Les Français ont le sang chaud. Ne t'inquiète pas.

— Tu veux me dire ce qui s'est passé ?

— Ça n'en vaut pas la peine.

— Tu es sûre ?

— Oui... Pas intéressant.

— Il faut aussi pouvoir parler de choses qui n'ont pas spécialement d'intérêt, Luxi. Plein de choses n'en ont pas dans la vie, mais elles existent et il est nécessaire de les prendre en considération.

— Je sais. Justement je trouve ça intéressant parfois, les choses qui n'ont pas d'intérêt, mais pas là.

— Bon, je vais décider de te faire confiance. Tu as mis du désinfectant sur tes blessures ? »

Je me réveille au milieu de la nuit. Non parce que je souffre, que mon cerveau se déchire, ou parce que j'ai peur de la tournure que les événements pourraient prendre avec Jade. Je me réveille à cause de l'influence de la pleine lune sur ma vie organique. Mes eaux sont attirées par les forces lunaires. Je transpire, me trémousse dans ce lit des fluides. Mes lèvres sont salées. Comme je n'arrive toujours pas à me rendormir, je me lève et sors en emportant ma corde à sauter. Je m'installe sur la terrasse devant la piscine et me mets en mouvement. À cause de la lune, la nuit tire vers le blanc à certains endroits du ciel, sur la cime des arbres aussi. Je continue d'accélérer petit à petit pendant une bonne vingtaine de minutes, jusqu'à ce que les forces gravitationnelles et tous les corps célestes de l'univers se convoquent pour appeler ma fatigue. Elle vient au bout du compte et je l'accueille. Je repose la corde, reprends mon souffle. C'est à ce moment-là que j'entends la voiture de mon père. Je finis par l'apercevoir. Il se dirige vers moi d'une démarche brimbalante.

« C'est à cette heure-là que tu rentres ?!

— On avait un dîner avec des collègues chinois. J'ai un peu trop bu.

— C'est du joli !

— Ça fait partie du travail, chérie. Être détendu pour parler affaires, c'est toujours un plus.

— Et maman alors ? Tu penses à elle ? C'est pas dans cet état que tu vas pouvoir l'honorer.

— Ça va pas ! Qu'est-ce qui te prend, Luxi ?!

— Tu as des devoirs conjugaux, papa, et les rapports sexuels en font partie.

— Je te remercie du conseil, mais il me semble que ce n'est pas à toi d'en décider.

— Ça ne mange pas de pain, une petite piqûre de rappel. Si tu veux que ton couple tienne, tu dois en prendre soin. Les femmes ont des désirs. Je ne veux pas te mettre la pression, mais tu devrais relire *La Princesse de Clèves*.

— Je ne connais pas.

— C'est un roman français du XVIIe écrit par une femme, Madame de La Fayette. Dans l'histoire, Mme de Clèves n'est pas amoureuse de son mari, et elle ne se gêne pas pour lui parler de son attirance envers un autre homme, ce qui finira par le tuer. Tu sais, papa, depuis l'aube des temps, les femmes entretiennent des désirs vis-à-vis de personnes avec qui elles ne sont pas mariées, c'est comme ça. Si tu ne baises pas ta femme, elle va se mettre à reluquer le cul des mâles, ou des femmes, d'ailleurs.

— Arrête ça tout de suite, Luxi. Tu pousses le bouchon un peu loin, là. Je ne suis pas un copain, je suis ton père, et tu me dois le respect.

— Pardon, papa.

— À toutes fins utiles, sache que ta mère et moi sommes toujours très amoureux et n'avons pas l'intention de nous séparer. »

Mon père s'approche, pas trop près. En bon chien d'eau, son signe astrologique chinois, il respecte parfaitement la distance interindividuelle – dont la bienséance veut qu'elle ne dépasse pas le mètre soixante-quinze – de manière à ne jamais se sentir en porte-à-faux avec ses interlocuteurs. Avec moi, franchir le seuil de cet espace intime n'est plus une option depuis le début de ma puberté. Lorsque mon corps a commencé à changer et que les bourgeons mammaires ont fait leur apparition, mon père a tout de suite modifié son comportement. Une réserve s'est installée. Maintenant, il m'approche le moins possible et ne me touche presque plus. Wei est un homme affectueux, dommage que ma bascule d'état nuise à l'épanouissement de ses qualités tactiles. Je ne pense pas que cela puisse aller en s'améliorant, d'ailleurs. C'est inquiétant. Où en serons-nous quand je serai une vraie femme avec une poitrine imposante et des jambes de gazelle ? Est-ce qu'il hésitera même à me regarder dans les yeux ?

Enfin, je finis par briser la glace et lui faire un câlin. Rétif, il peine à le recevoir. J'en rajoute, le serre de toutes mes forces, ce que je n'oserais jamais faire avec ma mère. Vaincu, il s'abandonne, prend ma tête entre ses mains, caresse mes cheveux. Malgré l'obscurité, les marques sur mes joues se dévoilent.

« Qu'est-ce que t'as au visage ? Fais voir !... T'es tombée ?

— Non. J'ai déjà tout expliqué à maman, tu n'as qu'à lui demander.

— Elle doit dormir.

— Alors, tu en auras la surprise demain matin. Bonne nuit, papa. »

Je me défais de son emprise, m'éloigne. Il ne réagit pas.

11

La Jaguar ne démarre pas. Elle a vomi ses huiles toute la nuit. On ne sait de quel mal elle est atteinte. Ces animaux-là sont aussi fragiles qu'ils sont précieux. Maman doit commander un taxi.

« Tu veux que je réserve aussi une voiture pour ton retour ?

— Je vais me débrouiller. Il y a un arrêt de bus pas très loin du collège. Il me dépose sur la route à même pas cinq cents mètres de chez nous.

— Comment tu sais ça ?

— Une fille me l'a dit.

— Quelle fille ?

— Une fille.

— Mouais…

— Maman… ! En plus, ça va me faire du bien de marcher. Je ne marche pas assez. »

Notre taxi tarde à venir. Je vais être à la bourre à l'école. Rien que d'y penser, j'en ai des haut-le-cœur. D'ordinaire, si elles sont liées à des motifs graves, j'arrive à contrôler mes angoisses, mais si elles procèdent de broutilles comme un manque de ponctualité dû à un imprévu, un plat que j'ai pris soin de cuisiner et dont je ne suis pas satisfaite, un DM à rendre que je n'ai pas eu le temps de peaufiner, alors je suis incapable de les maîtriser et elles prennent des proportions démesurées.

Je ravale mes nausées en visualisant des choses dont je suis mordue : le front glaciaire du Briksdalsbreen, en Norvège, les montagnes folles de Zhangye Danxia, dans le Gansu, une tasse opaline en céramique coréenne datant de la période Koryo, une loutre et ses loutrons faisant leur toilette. Les loutres et les mustélidés en général, j'adore. Je m'attarde sur l'image de cet animal et en ressens tout de suite les bienfaits : mon front se détend, je respire. Comme le vison d'Europe, la loutre est inscrite à l'annexe II de la directive européenne « Habitat-Faune-Flore » qui regroupe des espèces animales et végétales d'intérêt communautaire nécessitant l'affectation de zones spéciales de préservation. En voilà une bonne nouvelle, car les générations futures auraient pu ne jamais savoir à quoi ressemble une loutre si les instances concernées n'avaient pas pris le taureau par les cornes pour la protéger.

En attendant le taxi dans le jardin, je discute le bout de gras avec ma mère – une fois n'est pas coutume. À l'évidence, le manque de communication entre elle et moi s'est aggravé depuis notre arrivée à Nice. Hormis les banalités du quotidien à propos de l'école, la nécessité de garder ma chambre bien rangée afin de ne pas être interdite de ceci ou cela (m'occuper de mes insectes, lire ou faire du sport, sachant que ce sont les seules potentielles privations dont je pourrais souffrir), rien, que tchi, oualou. Ces dernières semaines, Jing s'est encore repliée sur elle-même. Le plus souvent, quand on rentre de l'école, elle file dans sa chambre et dort pendant des plombes. Je finis toujours par préparer le dîner toute seule. En fait, ma mère déprime à cause de son inactivité, je ne sais comment elle occupe son temps quand je ne suis pas là. Probablement à de longues conversations sur WeChat avec son amie Danjie, une designer de meubles avec une tête d'ange qui venait souvent la voir à Pékin le week-end, pour jouer au jeu de go. Elles sont très proches, plus encore depuis que ma mère a arrêté le violon et chine dans les marchés à la recherche d'antiquités qu'elle revend à gauche à droite. Elles partagent l'amour du beau, un goût prononcé pour les choses anciennes et les matières nobles. Danjie a de l'or dans les mains et de la lave dans la bouche. Elle critique tout, à tout bout de champ, rien n'est jamais comme il faut : « les gens » sont trop comme ci, pas assez comme ça. Moi, j'ai de sérieuses réserves sur les individus qui ont tendance à toujours faire référence aux « gens ». C'est nous, les gens. Il n'y a pas « nous » et « les gens ». Il y a juste certaines personnes que l'on peut aimer ou détester, mais rien n'existe de tel que « les gens », ces créatures toutes identiques avec lesquelles nous n'aurions rien à voir et dont nous souffririons systématiquement des mêmes insuffisances. Cela étant dit, Danjie est la seule amie de ma mère supportable et à qui je trouve de l'intérêt – malgré sa fâcheuse prédisposition à se nourrir de pensées négatives – et même une certaine grâce spirituelle, en ce sens qu'elle est sensible, observatrice et délicate.

« Ça tombe bien que nous ayons ce petit moment pour nous, maman. J'ai besoin de te parler. Je trouve que tu files un mauvais coton.

— … !

— Tu dors sans arrêt et tu as tout le temps les yeux rouges. Tu pleures beaucoup ?

— Ça ne te regarde pas, chérie.

— Tout me regarde, en ce qui te concerne.

— C'est moi ta mère, pas l'inverse !

— J'aimerais que tu ailles mieux.

— …

— Tu t'ennuies, ici ? Tu as réfléchi à ce que je t'ai dit à propos des cours de chinois ?

— Oui.

— Et alors ?

— Ça fait son chemin. Je vais prendre une décision très vite. Je te le promets. »

J'oblige ma mère à cracher dans ma main comme j'ai vu un élève le faire au collège. Ensuite, je mélange son crachat au mien et à de l'humus, je confectionne une petite boulette et la lance le plus haut possible dans le ciel en faisant un vœu.

J'avais réussi à la lui dissimuler jusque-là, mais quand je lève mon bras, ma mère remarque aussitôt la blessure causée par Jade à l'entraînement d'athlétisme.

« Qu'est-ce qui t'est arrivé ? Tu t'es encore battue ?

— Ah ça ! Non, non, c'est vieux !

— C'est vieux ?!… Comment tu as fait ton compte ?

— C'est juste une éraflure, maman.

— Tu as une croûte énorme, ce n'est pas juste une éraflure.

— Si.

— Parle-moi.

— Il n'y a rien à dire.

— Tu me mens, Luxi. Ne me prends pas pour une idiote. Je n'ai pas ton intelligence, mais quand même !

— C'est rien, maman. N'insiste pas ! »

Ma mère baisse les yeux. Il y a un vide, très vite comblé par l'arrivée du taxi.

Je débarque au collège avec une demi-heure de retard. Toute la classe me siffle, j'interprète ça comme des acclamations. Pendant le cours, j'éprouve des difficultés à me concentrer car Jade m'envoie des rayons méphitiques. Je les traduis en mots : « Va te faire enculer, je te pisse à la raie, bouffe ta merde, grosse pute de Chinetoque », et d'autres expressions moins faciles à traduire. J'accuse le coup et cherche les ressources au fond de moi afin de me mithridatiser contre ces torgnoles invisibles.

À la récréation, je suis seule avec mon livre, assise à mon endroit habituel. Dans quelques pages, j'aurai terminé *Chroniques de l'étrange* et pourrai enfin commencer le grand roman chinois de Wu Cheng'en datant de la dynastie Ming et dont je n'ai cessé de reporter la lecture : *La Pérégrination vers l'Ouest*. Ensuite, j'ai prévu de lire *Histoire d'un bon bramin* de Voltaire. J'ai du mal à me concentrer ce matin et suis obligée de reprendre plusieurs fois certains passages. Pas loin, des élèves de la classe d'Ethan jouent au foot, on entend leurs ahans explosifs. Je lève les yeux, essaie en vain d'apercevoir Ethan parmi les joueurs. Peut-être n'a-t-il pas cours ce matin, ou alors il est malade... enfin, je spécule. Je fais comme ma mère, toujours en train de commenter les agissements des uns, des autres, de s'imaginer des choses.

Quand la cloche sonne la fin de la récréation, j'éprouve une sorte d'étourdissement au moment de me relever. J'économise mes mouvements, essaie de réguler mon souffle. Ça passe.

À la fin de la journée, la sortie du collège se fait en accéléré car je ne veux pas avoir encore affaire à Jade, d'autant qu'elle ne quitte plus sa bande en ce moment, les nommés Gaëtan, Alix et Éloïse, la nouvelle recrue. Gaëtan est très agressif, je l'ai vu sortir un canif de sa poche vendredi dernier et menacer un élève d'une autre classe, devant le collège. Si je n'avais pas eu d'autre choix, je serais intervenue, mais quelqu'un s'est interposé au moment où l'idée a fait feu dans ma tête.

Devant l'entrée, des petits groupes se sont constitués. Jade et Gaëtan échangent avec une fille en jupe courte que je ne connais pas. Son visage tombe un peu. Tous me lancent des regards moches. Je m'écarte. J'aimerais être assez hardie pour ne pas avoir à fuir, faire front, embrasser ce qui m'est offert, mais, trop fatiguée aujourd'hui, je n'en ai pas le courage. Je traverse la rue rapidos et avance, tête baissée. Des rires planent. Des injures, des menaces. Je m'avachis quelques secondes. Jade et ses labadens gagnent du terrain. Ils crient, font des gestes obscènes dès qu'ils sentent que je les observe. Je range mes yeux. Je ne veux pas laisser ces fourmis charpentières entamer ma demeure. Je prends sur moi, me dépêche. Les fourmis sont là, derrière, à une trentaine de mètres, elles grignotent tout ce qu'elles peuvent à distance. C'est vraiment exaspérant et je sens que si je me laisse aller, je vais flancher. J'en appelle alors à la détermination de l'arbre qui sait être droit en toutes circonstances. J'en appelle à la vie, à la nature, ça marche, d'habitude. Oui, ça marche ! Le soleil s'ouvre. Je l'attrape, me rallume, tourne les talons et m'élance. Mes muscles se délivrent. Je vais de plus en plus vite. Mon souffle est puissance. Je cours sur des mues de serpents. Je cours, je cours, je ne sais plus comment, ni où, ni pour qui, cette fois. En me retournant, une centaine de mètres plus loin, je constate que les durs à cuire en culottes courtes ont été semés. La rue est vide. Je m'y déploie. Je soupire. Ça va mieux. Je ne sais pas comment j'ai fait mon compte pour me laisser embobiner par l'angoisse, ce n'est pas dans ma nature.

Tranquillisée, je sors le téléphone de mon sac, enclenche le GPS et commence à longer le collège en direction de l'arrêt de bus, qui doit se trouver à environ un kilomètre. Il ne fait pas trop chaud, trente-cinq maximum, pourtant mes aisselles refourguent leur sueur grasse à tout mon corps.

C'est vrai que je ne suis pas dans mon assiette depuis ce matin, cette sensation de lourdeur ressentie pendant la récréation ne m'a pas quittée. Je fais avec, j'avance. Je caracole comme un saïga dans la steppe. L'air niçois me soutient. Il sent l'iode et le sel.

Soudain, des bruits de pas dans mon dos. Je m'arrête. Aux aguets, je balance mes yeux dans les coins. Aucun signe de Jade ni de son groupe. J'attends. Dix secondes. Rien. J'attends encore. Je refais la même chose avec mes yeux. Toujours rien. Je me remets en marche. Après un temps, des gloussements me chiffonnent, je ralentis, m'arrête à nouveau, essaie d'en déterminer l'origine, mais très vite ils s'estompent et disparaissent. Je m'assois sur un muret, les sens en éveil, résolue à ne pas bouger avant d'être sûre de ne pas être suivie. Finalement, je décide de rebrousser chemin pour en avoir le cœur net. Je vérifie chaque recoin, je fouine à gauche, à droite, derrière un fatras de meubles démantibulés, entreposés sur le trottoir. Puis, je m'approche de l'entrée d'une résidence en provenance de laquelle il me semble entendre du boucan. J'inspecte le hall. Pas un chat. J'avance, il y a un jardin attenant. J'y pénètre. Quelques arbustes. Des plantes. De la mousse. Du minéral, ici et là. Toujours personne. Les bruits s'estompent et le silence me taloche à nouveau, mais je ne suis pas pour autant rassérénée. Je sors de la résidence et poursuis mon chemin. Un gris délavé envahit le ciel à l'instant. Ça me rend triste. Ma tête s'alourdit, mes jambes flageolent une seconde. Des nausées m'entravent. Je me ressaisis. Elles s'amenuisent. J'avance. Le gris délavé me pourchasse. Un point de côté, et les nausées qui s'obstinent. Je respire à pleins poumons, j'essaie de récupérer le pouvoir sur cet endroit de mon corps dont je n'ai plus le contrôle. Ça ne fonctionne pas. Mon cœur bat la chamade, bat l'amertume. Je la repousse par la force de la pensée. J'avance. J'ordonne à ma chair de ne pas s'enliser et pousse un hurlement de paix vers l'intérieur. Au départ, ma carcasse est un peu réticente à le recevoir, mais son écho finit par la gagner. Je me calme et reprends mes foulées enthousiastes. Je marche fort en faisant sonner mes chaussures sur les pavés. Il n'y a toujours personne dans la rue, mais ça me rassure de faire du bruit. Au bout d'une petite minute, je me mets à penser à autre chose, à divaguer. Des images d'insectes cornent mon esprit : un scarabée éléphant, une sauterelle à épines, des grillons qui bavardent. Mes joues se délassent. Je bifurque. Le tourbillon est passé.

L'arrêt de bus ne doit plus être très loin maintenant, mon GPS indique trois cents mètres. Soudain, des séries de jappements comme des cailloux jetés à mes pieds. Je m'arrête. Ils s'interrompent. Je repars. Les grognements reprennent aussitôt. Des rires étouffés. J'accélère. Ils s'amplifient.

« Il y a quelqu'un ? »

J'entends des « Chut ! », puis les voix se font plus claires. Celle de Jade se distingue nettement.

« Jade, je sais que c'est toi ! »

Pas de réponse, les autres voix se précisent.

« Tu crois que les Chinois ils pissent jaune, ou ils pissent blanc ?

— Mon père, il m'a dit qu'ils tuent toutes les petites filles en Chine. Pourquoi on l'a pas tuée, elle ?

— On va lui régler son compte, à la mongole... »

Des pas scrupuleux, puis de plus en plus lourds. Des pas d'invasion, des pas qui claironnent. Des pas tintamarresques. La voix de Jade, encore. Elle ne s'arrête pas. Je n'ai plus d'oreilles.

« Lucie, Lucie... ? Le grand méchant loup va venir te manger... Lucie ?... Tu te caches ?!... Lucie... Lu-lu... où es-tu ?...

Viens dire bonjour à maman, elle a une jolie surprise pour toi… Allez, viens p'tit chou, sois pas timide !… »

Je souris. Le ciel me soutient. Immunisée, je marche sous les rais de teinture jaune. Puis, un bruit de vague. Le chant du sable sous la main. La mer, la chaleur, le plaisir. Celui de ressentir. De tout sentir au plus cru, au plus fort. Je suis vivante. La lumière bouge, se raidit. Je marche comme ça, sous le soleil brutal.

Soudain, dissimulés derrière une camionnette : Jade, Gaëtan et la fille que je ne connais pas, aperçue à la sortie du collège. En bondissant hors de leur cachette, ils font des têtes d'enviandés, se dispersent comme des fumées d'usine. Je ne les calcule pas, lâche le GPS de mon téléphone et avance à l'aveuglette, sans trop me grouiller. Mon esprit est ailleurs. Je ne suis pas rassurée, mais ne me laisse pas non plus aller à l'affolement. Je continue tout droit et aperçois un terrain en construction dont le sol est jonché de briques, parpaings, tiges de fer. Mon instinct m'a donc mal aiguillée et je décide de jeter vite fait un œil à mon GPS, mais le temps que je corrige ma trajectoire, les crapules ont rappliqué. Elles me dévisagent avec leurs doigts courbés qui aboient. Je ne bronche pas. Je dois accueillir l'instant, agréer le miracle. La vie qui sait, qui sait ce que nous devons nous coltiner, ce qui est bon pour nous, pour notre âme, pour nous faire avancer. Les vacheries, les épreuves, la violence. Battre en retraite n'est plus une option, dans tous les cas. Recevoir la tempête, la justice immanente, l'assumer. Je ferme les yeux et reviens en moi-même, dans une sorte d'état végétatif, connectée à rien d'autre que les battements de mon cœur et le flux de mon sang. Ça me fait un bien fou, je n'ai pas peur, je suis calme. Quand je rouvre les yeux, Gaëtan est là, devant moi, une barre de fer à la main. Jade lui emboîte le pas. Petits gestes d'intimidation : un coup sur l'épaule, une tapette sur la nuque.

« Alors ?! Et maintenant, tu fais toujours la fière ?
— Je n'ai rien contre toi, Jade.
— Encore heureux, répond-elle.
— Je ne comprends pas ce que tu me veux.
— T'inquiète, tu vas comprendre... »

Jade attrape mon bras, enfonce ses ongles dans la viande jusqu'à ce que le sang vienne.

« C'est un truc de dingue, la douceur de ta peau. On va arranger ça ! Qu'est-ce que t'en penses, Gaëtan ? »

Il pouffe. La fille à la jupe l'imite aussitôt.

« Tu veux qu'on te torture ou tu préfères qu'on te tue tout de suite ? »

Je souris.

« Ça te fait sourire... Bouffonne ! »

Jade me frappe. Une gifle. Un coup de pied dans le ventre. Je plie. Elle frappe encore, me saboule dans tous les sens. Juste à côté, la fille à la jupe montre les dents, elles sont plutôt vilaines, les deux de devant surtout. Puis, ses incisives se réveillent, mordent mon avant-bras. Une seconde, la fille s'interrompt pour rectifier le pli de sa jupe avant de se mettre à me tabasser en rythme avec sa boss. Mon sang fait des promesses, atterrit dans sa bouche. La poulette est grisée. Elle cogne, cogne, cogne encore. Du rouge s'envoie en l'air. C'est un ballet. En mon for intérieur, je m'illumine à chaque raclée. Je n'ai pas de colère.

« Vas-y, maintenant. Tue-la. Tue-la, Gaëtan », dit Jade.

Il fait claquer la barre de fer entre ses mains sans quitter son rictus. Le métal crie avant d'avoir connu ma chair. Ma peau, mes muscles et ma douleur, tout s'offre sans compter.

En descendant du bus, sur la route départementale, j'aperçois un caroubier, puis deux, puis trois. Un cédrat de Florence, et d'autres citronniers dont les feuilles diffèrent un peu. Ils sont là, avec leurs branches tendues, leurs yeux aimants. Ils me sourient. Leurs messes basses me consolent. Je n'ai pas mal. J'ai le tarin en feu, je boite, je saigne, le sang écrit entre mes côtes. Je n'ai pas mal. Mon dos est sur le point de rompre. Mes mains se plaquent toutes seules au-dessus de mes fesses afin de le retenir. Je m'interdis de donner voix aux blessures. Elles brailleraient tout leur soûl si je les autorisais à le faire. Je relève la tête, souffle un instant. J'approche mes doigts de mes narines. Ils sentent le bois. Je les respire à fond. C'est tout mon corps, maintenant, qui a l'odeur du végétal. Ça me ravit. L'envie de pleurer me trouble. Je me retiens, je ne sais pas pourquoi je me retiens. Je n'ai pas mal. Soudain, la sève des arbres s'accumule dans mes veines. Je la sens qui s'écoule à l'intérieur, changeant la pourriture en fougeraie, la douleur en remède. Les racines de cédrat me pénètrent, me corrigent, remontent le long de ma colonne vertébrale. Je me redresse. La vie revient. Je suis l'enfant des arbres, l'enfant de la nature qui fait du rébecca.

Soudain, la villa apparaît. Elle ne doit pas être à plus de deux ou trois cents mètres, mais plus je me rapproche, plus elle semble s'éloigner. Courage, je touche au but. Courage !

Les derniers mètres sont les plus difficiles. Je m'obstine. J'avance à tâtons. Le vert des arbres, les herbes fières, les prés crâneurs, tout est là. Je suis accompagnée. Je les entends, je les vois, ils sont ocre, ils sont bleus, ce n'est pas très clair. Les oiseaux chiffonnent l'air. Ils chantent, se coordonnent, s'entendent avec les cigales qui se refont une beauté pour venir à ma fête. Ce soir, nous irons, sur le flanc des montagnes, danser avec la nuit.

12

Ma peau, une veste sale. Elle se dépiaute quand l'eau brûlante l'inonde. Ses jets la renouvellent. Ça pique, mais ça soulage. Ce corps ne m'appartient plus. On l'a souillé, on l'a vendu à la haine, il doit retrouver sa flamme. Une demi-heure, déjà, que je suis sous la douche, plus peut-être. Le temps… je ne sais plus. Il est extensible. Des images insolites me viennent à l'esprit. Je viens d'arracher le foie de Jade et le dévore. Je mâche, je chipote, je dépèce. Je bois son sang que je puise à même les entrailles, j'en ai plein la figure. Je me pourlèche. Mes lèvres sont amour, ma langue, l'isthme du gosier, le grand trou palatin, amour, mon palais où le rose s'étend, mon frein, ma luette, ma caroncule salivaire, mes gencives et mes dents, amour, amour, amour, tout est amour. Dans mon assiette, la bite de Gaëtan, fraîchement coupée, sautille encore. Je m'apprête à en faire des petits dés. Les yeux de la fille à la jupe roulent dans la porcelaine, je les plante avec mes baguettes.

L'eau de la douche coule sur mon corps abrégé, elle est compacte. J'augmente sa température. Je pousse au maximum. Je crame les coups reçus. Je m'ébouillante. Bientôt, il ne restera de rouge sur ma peau que la marque de cette onde purifiante. Je soupire, un épuisement me traverse et c'est tout, des muscles aux organes, qui ronchonne et grelotte. Je pourrais sans problème m'endormir là, sous la douche, et me réveiller dans cent ans, quand le monde ne sera plus monde, que des robots infimes auront remplacé les abeilles pour assurer la pollinisation, que les femmes seront tout en haut de l'échelle sociale. La chaleur me réduit, je m'envase dans les éclats de mousse. Je disparais. Soudain, ma mère appelle.

« Luxi, qu'est-ce que tu fabriques ? Ça fait plus d'une heure, sors de la douche ! Luxi… ? »

Je voudrais répondre. Ma langue harassée ne réagit pas. J'ordonne à ma cervelle de la mettre en mouvement. Elle refuse. Elle aussi est crevée, plus lourde qu'une enclume.

« Luxi, tu m'entends ?! »

Ma mère s'approche. Je reconnais ses foulées courtes. Je sors vite de la douche, jette une serviette sur mon dos, ouvre la fenêtre pour dégager la buée. Jing arrive. C'est une reine totale avec une couronne invisible.

« Qu'est-ce qui t'arrive ? Qu'est-ce que tu fabriques sous la douche pendant une plombe ? Ça va ?

— Ça va.

— Regarde-moi deux minutes. Viens par ici, Luxi, c'est quoi, ça ? Qu'est-ce que tu t'es fait au nez ?

— Je me suis cognée.

— Cognée ?

— J'ai buté contre le cheval d'arçons au sport, et je suis tombée.

— Tu n'as pas mal ?

— Ça va aller. »

Pendant une seconde, je sens que ma mère hésite à creuser la piste du mensonge. Elle s'abstient.

« J'ai quelque chose d'important à te dire, chérie ! » Elle sourit, malicieuse. « Je t'ai écoutée. Quand tu m'en as parlé ce matin ce n'était pas encore confirmé. Je voulais être sûre et te faire la surprise. Voilà, j'ai posté des annonces sur Internet la semaine dernière et... je donne mon premier cours de chinois lundi matin.

— Je suis fière de toi, maman ! »

Jing tapote mon épaule d'un geste de remerciement. Ça fait un mal de chien, je me crispe.

« Qu'est-ce que t'as au dos ?

— C'est rien.

— Fais voir.

— C'est rien.

— Mais, fais voir ! »

Elle retire sèchement la serviette de mes épaules. Je sursaute, recule, et m'adosse à la porte de la douche, en me faisant toute petite pour ne pas laisser voir mon dos. Ma mère me scrute. Je m'empêche de jeter des coups d'œil dans sa direction. Le temps est long. Elle attrape finalement mon regard. Ça me flanque les chocottes. Plus j'ai peur, plus ma mère me bigle : mes bras griffés, les épis de douleur sur mes épaules, mon poignet rougi par les morsures. Je crois qu'elle a compris.

« Montre-moi ton dos. Montre-moi ton dos, tout de suite !!! »

Elle m'attrape, essaie de me retourner de force. Je résiste. Elle hurle : « Mais qu'est-ce que c'est que ce binz ? Qu'est-ce qui t'est arrivé ? Tourne-toi. Tourne-toi... Tu obéis, Luxi. Tu m'entends ?! Tu obéis immédiatement !!! »

J'obtempère. Ma mère voit : mon échine gâtée, couverte d'ecchymoses, ma peau démolie. Elle manque de s'évanouir, ses lèvres tremblent. Il n'y a plus de temps, juste de l'effroi, de la tendresse qui s'activent, des rubans de langueur qui flottent. C'est magnifique. Je donnerais cher pour revivre ça un jour : l'émoi de ma mère face à sa fille, dont elle mesure à l'instant toute la fragilité.

Je quitte la pièce.

Ma mère débarque aussitôt dans ma chambre, un désinfectant à la main, des compresses. Elle s'assied à côté de moi sur le lit, imbibe un coton de produit, l'étale sur mon dos contusionné. Des gestes doux, maladroits, dont je sens qu'ils la bouleversent. Je serre les dents. Jing met du temps avant de lever l'ancre et de prendre la parole.

« Comment tu t'es fait ça, chérie ? Dis-moi. Parle-moi.

— ...

— Tu t'es encore battue ?

— ...

— Parle-moi, chérie !

— Ce sont des élèves du collège... Surtout une fille.

— Ma pauvre, tu dois avoir mal.

— Maman, je ne suis pas une victime.

— Mais si, il n'y a pas de honte à ça !

— Je n'ai pas honte. C'est cette fille la victime. C'est elle qui a besoin d'aide.

— Mais qu'est-ce que tu lui as fait ? Elle ne t'a pas frappée sans raison !... Tu l'as insultée ?

— Non, c'est elle qui m'insulte tout le temps.

— C'est la première fois qu'elle te frappe ?

— ...

— Il faut te défendre, chérie ! C'était elle, la blessure de l'autre jour au bras ? Tu me réponds ?!

— ...

— Luxi !

— Oui.

— Celle au visage, aussi ?

— Oui.

— Pourquoi tu ne m'as pas parlé de ça plus tôt ? C'est grave, tu sais !

— Non, ce n'est pas grave. Et ce n'est pas une mauvaise fille, au fond. Elle est juste malheureuse. Je ne veux pas en rajouter.

— En rajouter ? Mais tu as vu dans quel état tu es ?!

— C'est rien, je t'assure. Ça va passer.

— Il faut penser à toi, chérie. Tu dois te défendre, à l'avenir. Tu en as les moyens.

— Je ne veux pas me rabaisser à ça.

— Arrête avec tes délires, Luxi. C'est pas le moment.

— Ce ne sont pas des délires. Je suis ici, sur terre, pour m'élever et rendre la vie plus douce. Pas pour me battre.

— Luxi, s'il te plaît...

— Je comprends ton agacement et je suis touchée par ta sollicitude, mais on ne peut pas dissocier le problème de sa cause. Si je suis confrontée à cette violence, ce n'est pas pour rien. Je dois réfléchir à ça.

— Je croyais que tu n'étais pas responsable... Tu viens de me dire que c'est cette fille qui cherche tout le temps la bagarre. Faudrait savoir.

— Ce n'est pas de ça que je te parle. Je fais référence à un autre niveau de réalité. Tu réfléchis en base dix, maman. Mon système de pensée à moi, ce n'est pas le système décimal.

— Je comprends rien, Luxi. Je ne comprends rien !

— C'est regrettable.

— Tu vas finir par me rendre folle, tu sais !

— Écoute-moi. S'il te plaît, maman, laisse-moi t'expliquer. Tu as lu Aristote ?

— Non.

— Il a dit une chose essentielle : "Pourquoi les hommes, les Barbares comme les Grecs, comptent-ils jusqu'à dix, et pas jusqu'à n'importe quel nombre, comme deux, trois, quatre ou cinq, d'où ils commenceraient à combiner deux nombres.

Cinq-un, cinq-deux, tout comme ils associent dix-un, dix-deux. Est-ce parce qu'ils sont nés avec dix doigts ?"

— Je peux savoir où tu veux en venir ?

— J'essaie de te faire comprendre qu'il faut voir plus loin que le bout de son nez. Réfléchir dans un langage approprié, non décimal et multidimensionnel. C'est la seule manière d'être lucide à propos de ce qui nous arrive. »

Ma mère va péter un plomb si je continue de ratiociner. J'arrête. Elle est soulagée. Son ventre s'exprime.

« J'ai faim. Je mangerais bien les restes d'éclairs et de tarte, pas toi ? »

Elle m'entraîne dans la cuisine, nous partageons les gâteaux en silence. C'est elle qui débarrasse et met les assiettes dans le lave-vaisselle. Je reste assise à la regarder faire. Mon dos frotte contre le dossier de la chaise, c'est douloureux alors je change de position. Quand ma mère a terminé de ranger, elle revient s'asseoir près de moi et me dévisage un long moment. Vulnérable, elle ouvre mon poing que je maintenais serré et commence à caresser ma paume dans le sens inverse des aiguilles d'une montre. Elle est incertaine et sa main est ténue. Il y a une douceur infinie dans ce geste, douceur que, provenant de ma mère, je n'avais jamais ressentie. Tout à coup, son menton se met à trembler, sa bouche se remplit de sanglots, ses yeux se brouillent, des larmes s'activent mais maman ne veut rien en laisser voir. Elle pivote l'air de rien, offre son visage à l'ombre de la pièce. Il y a un flottement. Je regarde dans le vide et quémande. Pas un cil ne frissonne, pas de joues en approche. Je n'aurai pas droit au baiser. Ma mère ne me prendra pas dans ses bras. Elle se lève sans dire un mot. Avant de partir, elle s'immobilise et m'adresse la parole sans se retourner :

« Va t'allonger un moment, je vais à la pharmacie t'acheter des compresses et un anti-inflammatoire.

— Je préférerais une pharmacopée.
— On est en France, Luxi ! »
Jing s'éloigne dans le couloir.

Je ne sais plus très bien où j'en suis, quel est le jour de la semaine, s'il a fait beau cette après-midi ou s'il a plu. Mon âme enchifrenée éternue dix fois, cent fois de suite. Il y a de la détresse dans mes jambes, dans la courbe de mes reins. Je ne m'endormirai pas ce soir. Je ferai des cercles avec mes yeux, des pelures avec ma douleur. J'aurais tant aimé que ma mère reste près de moi encore un peu, sa chaleur, son souffle dans ma nuque. Ce serait sans doute trop demander, ou c'est simplement que je ne crois pas assez à ce genre de miracle pour qu'il puisse se produire. J'ai envie de pleurer. Je pars m'allonger sur le canapé du salon. Les battements de mon cœur ralentissent. J'écoute les sursauts de ma chair.

Deuxième époque

13

Perplexe, le conseiller principal d'éducation examine une série de clichés sur le portable de Jing.

« Qu'en pensez-vous ?

— Je ne sais pas, je...

— Mais regardez l'état de son cou !

— ...

— Alors ?

— C'est vrai, il y a des marques...

— Et c'est quoi, selon vous ? Ma fille joue toute seule à s'étrangler ?

— Vous savez, les enfants... »

Le CPE rend le téléphone à sa propriétaire. Les mains s'effleurent. Jing laisse échapper une insulte en chinois.

« Pardon ?

— Rien, rien. Je préférerais pouvoir vous parler dans ma langue.

— Votre accent est presque imperceptible. Vous avez de la famille en France ?

— Non, j'ai appris le français par la force des choses. Ma fille a commencé à l'étudier très jeune. Je souhaitais pouvoir l'aider dans son apprentissage.

— Vous êtes une mère impliquée.

— Quand il est nécessaire de l'être, oui !

— Rassurez-vous, madame Ming, je vais convoquer à nouveau le groupe d'élèves responsable des brutalités infligées à votre fille. S'il est prouvé qu'ils sont les auteurs de ces nouvelles blessures, nous envisagerons la punition appropriée.

— "Si" ?! Mais vous attendez quoi ? qu'on retrouve Luxi morte quelque part ?!

— Écoutez, madame Ming... Certains élèves la chahutent un peu, c'est un fait, mais ce sont des enfants. Ce genre de choses est courant dans les collèges. Je vous conseille de dédramatiser et de laisser le temps à votre fille de s'adapter à la vie française.

— C'est ça, la vie française ?! Et vous pouvez m'expliquer pourquoi il a fallu que je fasse un scandale pour que vous acceptiez de me recevoir une deuxième fois ?!

— ...

— Je vous préviens, si ces enfants continuent de faire du mal à ma fille et que vous ne faites rien, je reviens, je les attends à la sortie et je les massacre ! »

En remontant le couloir central du collège, la mère marmotte des mots cruels. Elle aimerait être une gamine pour avoir le droit de cogner, d'infecter les tortionnaires de Luxi avec le poison de sa colère sans qu'on lui en tienne tout à fait rigueur. Elle souffle. Une énergie de rage et de tristesse la rectifie. Jing n'est plus d'eau, de muscles et d'os. Elle est d'orage et d'atrabile. C'est une furie, une kamikaze, une grenade. Elle se sent prête à se faire exploser pour son bout de chou, à calancher là, tout de suite, s'il le faut. D'ailleurs, à chaque pas, on pourrait dire qu'elle meurt davantage. Elle meurt à elle-même, à l'indulgence, à la modération, à l'empathie. Elle meurt à la douceur. Des rayons mortifères. De la mort par paquets, par grappes. Dans le ventre, dans les mains. Une pluie de charogne sortie de ses quinquets, de sa bouche, de partout. C'est à elle de monter au créneau maintenant, elle le sait. Rien ne changera si elle ne se décide pas à agir. C'est l'heure de partir au combat et de le protéger, son trésor ! Le moment est venu de se prouver à elle-même, à son mari et à la terre entière que c'est une véritable mère.

Il faut juste revoir sa stratégie. Des mois qu'elle écrit, téléphone aux barbares du collège, angoisse à mort pour la vie de sa fille, téléphone encore et encore, et angoisse encore, des mois qu'elle discourt avec des idiots de bachi-bouzouks incompétents et envoie des lettres aux inspecteurs pédagogiques régionaux et à de nombreux sbires de l'académie, s'étant débrouillée pour obtenir leurs noms. Elle a hurlé quand il fallait, au mépris de sa foi envers la bienséance et la mesure, elle a supplié le censeur, le proviseur du collège, leur a proposé de l'argent pour faire accélérer le traitement du dossier et a réalisé en fin de compte qu'aucun dossier n'était ouvert. Maintes fois, elle s'est demandé si offrir son cul n'aurait pas activé les choses et elle se le demande encore, et elle hésite encore à le proposer ou à sucer des bites à la chaîne, toutes les bites de tous les fonctionnaires responsables, inspecteurs et autres nervis de l'Éducation nationale pour que prenne fin ce cauchemar, qu'on laisse enfin sa fille tranquille. Ce bordel n'est plus tolérable. Elle n'en peut plus. Si rien ne bouge, Luxi va finir par y laisser sa peau et elle avec. La force de regimber, d'aller contre sa nature de Chinoise bien comme il faut, maintenant, c'est tout ce qui lui reste. Allez, courage, qu'elle se dit, fous-y une bombe dans ce boxon, mets-y le feu, mais remue-toi le fion si tu veux la sauver, ta fille !

Sortant d'une salle de classe, la professeure principale de Luxi manque de la percuter.

« Madame Ming !... Incroyable, je pensais à vous à l'instant ! Vous auriez cinq minutes à m'accorder ?

— ...

— Je suis très attristée de ce qui se passe avec votre fille. Nous sommes tous préoccupés par cette situation, vous savez.

— Pourtant rien ne bouge. Le conseiller d'éducation m'avait promis de régler le problème il y a des mois et il ne s'est rien passé. Je n'ai pas l'impression qu'il prenne tout ça très au sérieux.

— Vous vous trompez, madame Ming. Soyez patiente, nous trouverons le moyen de régler ça.

— Je n'arrive plus à y croire. Nous sommes déjà au mois de mars et je suis très fatiguée. Est-ce que je vais devoir changer ma fille d'établissement ? C'est ça, la solution ?

— Votre inquiétude est légitime, mais essayons de temporiser encore un peu. S'il n'y a pas d'évolution dans les prochaines semaines, je suis décidée à saisir le conseil de discipline départemental.

— Encore attendre...

— Je suis désolée. Mais sachez que les enseignants de cet établissement sont tous concernés par l'épreuve que traverse votre fille. Ce n'est déjà pas facile pour les enfants qui ont ce genre de profil psychologique de se faire une place parmi les autres, alors...

— Quel genre de profil ?

— Je ne sais pas si vous en êtes bien consciente, mais Lucie est très particulière, très en avance, vous savez.

— Vous me prenez pour une mère indigne ? Des enfants qui lisent Aristote à douze ans, vous en connaissez beaucoup, vous ?!

— Pardon, je me suis mal exprimée... Je...

— Ça change quoi qu'elle soit surdouée, vous pouvez me dire ?

— Rien, vous avez raison, c'est même en partie la cause du problème. Les enfants en avance sont souvent maltraités par leurs camarades. Ils demandent donc plus d'attention.

L'autre problème c'est que Lucie est une élève très pacifique, et ses agresseurs en profitent.

— D'accord, mais je fais quoi, moi ? J'attends qu'il arrive une catastrophe ?! J'en peux plus, madame Cordier, cette histoire m'épuise. J'ai besoin d'aide ! Je suis toute seule face à une montagne et je me sens démunie.

— Peut-être que Lucie aurait besoin de parler de tout ça avec quelqu'un de neutre, une oreille attentive ? Vous y avez déjà pensé ? Ça pourrait vraiment l'aider, vous savez ! »

Les mots résonnent. Jing se décompose, elle n'y avait pas pensé.

Le soir, elle évoque avec son mari la possibilité d'un rendez-vous chez une thérapeute. Wei n'est pas contre. Tout ce qui est susceptible de résoudre le problème de leur fille doit être envisagé et Jing est mieux placée que lui pour savoir quelles initiatives seraient les plus probantes. Non pas qu'il ait d'autres chats à fouetter bien sûr, mais il n'a aucun talent réflexif dans ce domaine. Les affaires de l'enfance et de l'intime n'ont jamais été son fort.

Confus, il dévisage sa femme, ébauche un geste tendre et ne va pas au bout. Ses bras sont inutiles. Impossible de les faire avancer. Il crisse, s'affale. Pour une fois, Wei aimerait s'autoriser à ne pas être à la hauteur, à perdre le contrôle, n'avoir rien que ses doutes et son chagrin à partager. Il aimerait que Jing le rassure, le berce. Couiner un bon coup entre ses seins, ça, ça ferait du bien aussi. Il perd le fil de ses pensées, fixe le vide une seconde avant de se tourner vers sa femme et se risquer à un sourire raté. Il se décompose, vacille, censure ses yeux humides.

Jing est touchée. Sa drôle de tête, son air marri, peu lui en chaut de toute façon, c'est avec les yeux de l'amour qu'elle le voit et qu'elle l'a toujours vu, son homme. Beauté, laideur, puissance, tout cela est relatif quoi qu'on en dise. Les *gao fu shuai* 高富帅 (grand, riche, beau), Jing n'en a jamais rien eu à battre. La preuve, quand elle l'a rencontré, Wei n'était pas spécialement attirant, il ne possédait pas grand-chose, ni voiture ni appartement, il ne venait pas d'une famille de nantis non plus. Ce qu'il avait c'était l'humour, la truculence, l'irrévérence, l'extravagance, le goût du risque, de l'impossible, la foi en l'abondance, c'est ça qui lui a plu.

À l'instant, Wei capte l'immense admiration dans l'œil de Jing. Elle l'estampille *ex abrupto* et ça lui fait quelque chose de se sentir aimé aussi fort, un coup d'électricité dans l'arrière-train. Il pantelle, reluque sa femme à la manière d'un petit garçon reconnaissant. Jing s'approche, c'est une chatte. Elle ronronne, flatte les joues de son mari un long moment, le cajole. La tristesse ondule sous les doigts. Wei se délecte, s'agrippe à la main délicate comme un naufragé à sa bouée. Son odeur le bouleverse. Il palpite. En réalité, c'est elle, sa femme, la puissante, la divine, l'homme. S'il en avait le courage, il lui dirait combien sa force lui est nécessaire, combien il la trouve merveilleuse, et elle agréerait certainement ses louanges ; mais les mots ne viennent pas. Wei hésite à quitter la pièce et aller se servir un verre de vin, le siroter tout seul dans le salon en pensant à la difficulté d'être père quand tout est noir. Finalement, il se jette sur le lit en entraînant Jing par la taille. Ils roulent tous les deux dans un bruit de froissure. Les visages des époux se superposent. Les bouches se réclament. Jing s'oublie. Sa langue vient chercher le miracle des eaux. Le baiser n'a pas de fin. Les sexes gloutons se tamponnent par-dessus les vêtements. Wei bande comme un fou. Les tissus érectiles de la vulve et du vagin bandent aussi, se remplissent. Du désir, seulement du désir. Plus rien n'a d'importance que la marée charnelle. On est bien. La nudité appelle. Les peaux innovent. Jing s'ouvre. Elle est vraiment parfaite.

14

En descendant la colline des Baumettes, mère et fille, pelotonnées sous une ombrelle, écartent le soleil. Il est balèze aujourd'hui. Luxi marche tête baissée, elle a peur. Sa mère aurait bien quelques mots d'encouragement à lui prodiguer, mais la voie est obstruée alors elle continue de marcher et le silence marche avec elle.

Arrivées au 125, rue de France, elles sont frappées par le Gloria Mansions. L'édifice en béton armé dans le style Art déco en impose. La beauté de sa façade à l'architecture new-yorkaise cabosse Luxi, qui s'immobilise et se met à trembler. Elle fait ça – ce n'est pas nouveau, elle tremble pour la beauté. D'un coup, ce rendez-vous redouté chez la psy ne l'effraie plus. C'est même de bon augure de se faire triturer le plafonnard par une personne exerçant son métier dans un endroit pareil !

Luxi s'immobilise, tire sur le bras de sa mère : « Je voudrais être un immeuble aussi beau que celui-là, dans une autre vie. »

Jing sourit, se baisse à hauteur de sa fille, pose la main sur son épaule. Elle se souviendra de cette phrase comme elle se souvient encore de cette autre : « Je voudrais que tu sois morte », prononcée il y a des années. Depuis, beaucoup d'autres lui ont damé le pion. Jing regrette de ne pas avoir acheté un carnet où elle aurait noté toutes les réflexions de sa fille qui valaient le détour. Elle aurait dû le faire il y a longtemps. Ces pépites retournées au néant, paroles de l'audace, remarques incongrues, à mourir de rire ou de honte, perdues pour toujours, quelle tristesse ! En y repensant, elle se mord les lèvres et le passé rougit. Elle voudrait se souvenir de tout ce que Luxi a dit de considérable depuis qu'elle est en âge de parler. À un an et demi à peine, elle avait un mot joker qui remplaçait tous ceux qu'elle ne connaissait pas. Un mot original, emprunté à une langue ébouriffante dont les sons n'avaient rien de chinois. Jing fouille dans la pagaille de sa mémoire en quête du graal. Elle pousse fort sur son cerveau. Le mot, le mot, mais c'était quoi déjà, allez... Des « a », des « l », un « t », des « i », non, des « e », un « u », non, non. Un son hybride, entre la voyelle et la consonne, une invention typique de Luxi. Jing laboure, va au fond des souvenirs. Rien. C'en est à se maudire d'avoir une tête de passoire comme ça. Elle voudrait ne pas avoir de frein, rouler droit vers le passé de sa fille, l'enfiler dans le chas d'une aiguille, coudre ses yeux avec. Pourquoi a-t-elle oublié ? Une mère peut-elle oublier ces choses-là ? Demain, Jing rattrapera le temps perdu et ira acheter un carnet. Elle se le promet en rentrant dans le hall du Gloria Mansions. Toutes les réflexions spirituelles, triviales ou démentes de Luxi seront notées, désormais.

« Maman, maman, tu es là ? Maman ?!...

— Oui, oui, pardon, chérie. Je réfléchissais. »

Elles avancent. Un dédale de structures en béton nacré, d'entrelacs d'escaliers. Des colonnes impressionnantes. Des bas-reliefs. Un vitrail. L'escalier principal qui fait la roue comme un paon. Elles montent. Au deuxième étage, le sol en granito et les joints vert de Vérone du couloir ressemblent à du Miró.

« Maman, si un jour tu m'abandonnes, c'est ici que je viendrai vivre.

— Pff...

— Je veux bien dormir dans le couloir. Je te jure.

— N'importe quoi... Allez, avance. »

Plus loin, sortant d'un appartement, une silhouette fleurie, en tunique. Elle est bleue, elle est jaune, difficile à dire. Il y a quelque chose de romanesque dans sa démarche, d'éblouissant aussi. La jeune femme s'approche, étui à violon dans la main. Un mirage, une fée. Elle est bien réelle pourtant avec sa trentaine d'années sur les épaules, son visage secret, ses lèvres intelligentes. Luxi la reconnaît immédiatement.

« Maman, maman ! T'as vu ?

— Quoi ?

— La violoniste ! La violoniste qui vient de passer, c'est Shoji Sayaka.

— Non !

— Je te jure. Incroyable !

— Ouais, incroyable ! Tu vois, le Ciel est avec nous.

— Il est toujours avec nous, maman, même quand il est noir. »

Luxi saisit la main de sa mère. Au bout du couloir, une porte avec une plaque en cuivre sur laquelle on peut lire : Docteur Jackowski.

La pédopsychiatre doit avoir une soixantaine d'années. Les mains manucurées, les yeux travaillés, impeccables. Il y a de la dureté dans ses expressions, de la douleur dans ses sourcils. Sa bouche fait penser à une poupée en silicone, on dirait qu'une mécanique l'entraîne. Froide, pas antipathique mais froide, au moins aussi austère que la façade du Gloria Mansions, la psy observe sa patiente sans émotion. Jing est restée dans la salle d'attente, à la demande de sa fille.

« Tes parents se font beaucoup de soucis pour toi.

— Vous voulez me culpabiliser ?!

— Je te parle comme à une adulte.

— Je sais que ma famille s'inquiète.

— Comment te débrouilles-tu avec ça ?

— Je ne comprends pas ce que vous voulez dire.

— J'aimerais savoir ce que tu ressens.

— Ça me pèse.

— Tu préférerais que tes parents ne se préoccupent pas de toi ?

— Je préférerais qu'ils fassent confiance à la vie. Ce qui doit arriver arrivera. Leur inquiétude ne fait que rajouter du poids à la mienne, c'est dommageable.

— Tu es intelligente.

— Vous ne m'apprenez rien.

— Et tu as de l'humour. Mais il ne faudrait pas que ces qualités te nuisent, n'est-ce pas ?

— Vous avez raison.

— D'après tes parents, il semble que tu aies certaines facilités à mener les gens en bateau. Tu comprends cette expression ?

— Je l'ai déjà entendue, mais je ne suis pas sûre de son sens.

— Je veux dire que tu sais très bien t'arranger pour ne pas te livrer, quand tu as décidé de ne rien dire. Tu es d'accord avec ça ?

— Effectivement. Et je crois que cela ne me rend pas très sympathique aux yeux de certains. Mais je dois me contenter de ce que je suis, même si ce n'est pas toujours suffisant.

— Pourquoi, pas suffisant ?

— J'aimerais être plus aimante, plus détachée, plus déterminée, plus performante. Avoir le visage moins plat, des cheveux blonds et des yeux verts. Ou rouges, comme les lapins. La couleur rouge est ma préférée. Il y a tellement de choses que j'aimerais corriger chez moi.

— Qu'est-ce qui ne te satisfait pas pleinement dans ta personnalité, Lucie ?

— Ce serait trop long à vous expliquer. Il faudrait beaucoup de séances et je sais qu'elles coûtent cher.

— Mais tes parents ont les moyens de te les payer.

— Ce n'est pas une raison.

— Pour quel motif penses-tu être ici ? Est-ce tout à fait clair pour toi ?

— Je suis ici pour que nous réfléchissions ensemble à mon comportement au collège. Et éventuellement, trouver des manières de remédier à certains effets négatifs qu'il produit.

— Très bien. Je t'écoute.

— ...

— Tu n'as rien à me dire ?

— Quand je fais du mal, je me fais du mal. Quand je fais du bien, je me fais du bien.

— Je comprends, mais préserver à tout prix tes camarades, au risque de te mettre en danger, c'est un comportement contestable, tu ne crois pas ?

— "Contestable" cela veut dire que mon attitude "peut" être remise en cause, ça ne veut pas dire qu'elle est nécessairement inadéquate.

— D'accord, mais admettons qu'elle le soit.

— ...

— Je comprends que tu ne veuilles pas contribuer à aggraver les choses, Lucie, mais tu ne penses pas qu'il faut se défendre parfois ? Je sais par ta mère que tu en as les capacités.

— Sans doute.

— Peux-tu me raconter comment se passent ces bagarres ? C'est Jade et ses amis qui te provoquent ?

— Oui.

— Systématiquement ?

— Oui.

— Tu veux bien m'en dire un peu plus ?

— Qu'est-ce que vous voulez savoir ? Je ne vais pas vous donner tous les détails !

— Dis-moi simplement ce qui te passe par la tête, ce que tu ressens.

— …

— Prends ton temps, je ne suis pas pressée. »

Luxi grimpe les montagnes méningées. Elle cherche, sous ses cheveux, dans son ventre, ses fesses, sa poitrine, au cœur des fièvres.

« Ce que j'éprouve lorsque je me fais agresser est complexe. Ce n'est pas juste de la souffrance et de la peine. J'ai aussi le sentiment d'être gratifiée. Une puissance invisible me célèbre et m'encourage.

— En t'accordant le droit de te faire brutaliser ?

— Oui, car cela me permet de me dépasser.

— Dans quel sens ?

— En recevant des coups pour tous ceux qui s'y refusent et refusent la douleur. Je me rends disponible au supplice. J'apprends à recréer un monde, au-delà du malheur. Un refuge où la beauté et la vie sont plus fortes.

— La violence est donc une bénédiction pour toi ? C'est pour ça que tu te laisses faire ?

— Non, la violence est une plaie et elle me rend triste. Mais je ne veux pas m'arrêter à la tristesse qu'elle engendre. Je veux pouvoir la transformer. »

La thérapeute s'enivre dans la lumière de Luxi. Elle s'efface.

« Pourrais-tu me parler de Jade ?

— C'est une fille extraordinaire.

— Parce qu'elle te frappe ?

— Parce qu'elle a des rêves immenses. Je ne veux pas les abîmer.

— Je peux comprendre, Lucie. Mais si tu n'es plus là pour les préserver, ton attitude aura provoqué l'effet inverse.

— Je serai toujours là.

— Tu ne peux pas savoir. La vie est fragile, tu sais. L'escalade de la violence peut te conduire à l'hôpital ou au cimetière. Il faut faire attention à toi, tu es précieuse.

— Merci de dire ça. »

Luxi sourit et ce sourire est une étoile. Mme Jackowski la dévisage un moment, ne sachant plus quoi dire. Elle n'est plus une femme qui sait guérir l'esprit, elle est une enfant. Elle s'effondre. Un effondrement merveilleux. Rien ne reste de la crainte, du mauvais sang, de tout ce qui rend l'existence un peu vaine. Luxi sourit encore. Ses yeux règnent. La thérapeute est modifiée. L'amour. L'amour de Luxi, une énergie roborative dédiée à la lumière, à la création.

« Connais-tu la raison qui pousse Jade et ses camarades à te frapper ? Tu es très bonne élève d'après ce qu'on m'a dit, crois-tu que ce soit la jalousie ?

— Je ne sais pas.

— Ou cette sagesse, qui fait partie de ta culture ? Elle en dérange peut-être certains. Tu l'exprimes peut-être un peu trop !

— Ma sagesse ne vient pas de ma culture.

— D'où vient-elle, tu le sais ?

— Non. Mais, je ne suis pas complètement chinoise, de toute façon. Je me sens française. La France est en moi depuis que je suis toute petite. Sa musique, sa littérature, ses poètes, sa langue. Le fromage et d'autres choses aussi.

Du coup, j'ai tendance à penser qu'il aurait été plus logique que je naisse dans votre pays.

— Vraiment ?

— Oui. Mon âme est française.

— C'est intéressant...

— En fait, ce n'est pas un hasard si je suis chinoise, j'aime aussi la culture de mon pays. Je ne rejette pas cet aspect de moi, vous savez. Il me correspond à pas mal de niveaux et il y a des raisons à tout... même à cette violence à laquelle je suis confrontée. »

Luxi tourne les yeux vers la fenêtre. Dehors, les toits se détachent du ciel d'un bleu profond. Elle s'attarde sur cette image.

« Dis-moi, est-ce que tu penses mériter ce qui t'arrive ?

— Je ne peux pas vous répondre en une phrase, docteur.

— Tu ne veux pas essayer ?

— ...

— Alors ?

— J'ai été choisie pour accueillir la colère de mes camarades et les aider à s'en débarrasser. J'accepte cette épreuve et j'espère que je serai à la hauteur. »

15

La nuit, une autre Jing s'éveille, celle des doutes et des ombres, des marées qui s'élancent, celle de l'hémorragie, des typhons. La combattante est au repos.

Embusqué dans les espaces fragiles, un fantôme, celui de Jade, ou de sa monstruosité. Il va, vient, serpente, perfore l'âme de Jing. Elle cauchemarde, halète. Sa chair grogne. Une bataille sous les draps. Les ennemis en décousent. Palpitations. Rugissements dans le noir. En nage, Jing ouvre les yeux, elle tâtonne. Rien. Pas de mari. Dommage. Elle le voudrait tellement près d'elle à cet instant. Il arriverait, tiré à quatre épingles, avec son costume en velours et ses joues fatiguées. Il poserait ses affaires dans le salon, irait se servir une tasse d'infusion, se déshabillerait après s'être lavé les dents puis viendrait la rejoindre, se glisserait dans le lit avec une forme de négligence, comme pour espérer que sa femme se réveille et lui en veuille de faire du bruit, qu'il se tape une vague de quérimonies à laquelle il répondrait par un sourire, des mains lascives. Après, il y aurait un flottement. Les secondes passeraient. Jing trouverait ce temps infini. Aucun malaise, cependant. Une soumission presque douce au désespoir, parce qu'en réalité c'est l'espoir qui corrode et finit par consacrer le cafard, commander le dégoût. C'est l'espoir qui fait mal. Wei se pencherait alors dans le cou de sa femme, qu'il embrasserait doucement. Il sentirait son souffle irrégulier, se perdrait dans ses pensées, prenant racine dans une sorte de no man's land. Un instant, il resterait suspendu à la beauté de Jing, une beauté qui le traverserait et en laquelle il aurait envie de s'éteindre. Il hésiterait, mais n'aurait pas de geste tendre envers sa femme. Des creux, une sensation d'étouffement. Jing ne se laisserait pas faire par les larmes, elle adresserait un regard bienveillant à son mari, forgé par le respect et l'adoration entretenus depuis leur première rencontre, et passerait outre ses prévarications, comme elle l'a toujours fait. Elle serait alors saisie par une série d'images de sa fille : son nez, ses cils, sa façon de sourire à demi quand elle est prise en faute, de bouger ses mains en permanence comme pour commander un orchestre invisible et cosmique. Puis, de but en blanc, Jing ouvrirait son corps. Le mari la prendrait. Deux, trois, quatre fois de suite. À la cuiller, à l'enclume, à la courtisane, à l'union du loup, de l'abeille, du tigre. Les saltations y passeraient toutes : la levrette, la fleur éclatée, l'étreinte du panda, la danse aux joyeuses faveurs, le triangle lumineux. Jing brûlerait, son corps fuserait. Wei écorcherait ses organes, écroulerait les courants. L'angoisse s'oublierait. La femme charnelle dirait oui à l'abandon. Le sang fabuleux jaillirait dans le torrent vasculaire. Ce serait bien. Elle rêve de ça, Jing, une fièvre qui la calme, l'enchante, la symphonise, là, tout de suite, son corps dit « maintenant, maintenant, maintenant » ! Zut, pas de Wei à l'horizon.

« Allô, Danjie ?!

— Jing ?! Mais c'est pas la nuit pour toi ? Qu'est-ce qui se passe ?

— Impossible de dormir.

— À cause de Luxi ?...

— Non, si, enfin... tout. Tout va de travers. Et Wei n'est pas encore rentré.

— Ta voix est bizarre. On ne dirait pas que c'est toi. Parle, voir...

— Ben, j'sais pas : croûte, ciel, génuflexion, euh... illusion. Nuit. Faim. Encore ?... Faim, faim, faim. Violon. Archet. Shoji Sayaka. Sayaka, Sayaka. Concerto. Brahms. Montagne. Soleil. Sayaka. Sayaka... C'est bon, là ?

— Oui, je confirme, on dirait vraiment que c'est la voix de quelqu'un d'autre.

— C'est la mienne pourtant, c'est ma vraie voix.

— T'es sûre ?

— Ce n'est plus ma voix du dimanche, qui va avec mes robes. C'est ma voix des abîmes. Et de la pauvreté.

— N'importe quoi.

— Je n'en veux plus de ce "moi", Danjie. Les anciennes habitudes, l'ancienne voix, elles me fatiguent, tu comprends ?

— Dis donc, on dirait que la France te fait de l'effet.

— Je ne sais pas si on peut mettre ça sur le dos de la France. Je veux juste changer.

— Changer comment ?

— Vouloir moins. Acheter moins. Prendre plus de temps pour sentir, lire, marcher dans la nature, méditer. Passer du temps de qualité avec Luxi. Apprendre à la connaître. La regarder. Je veux dire, la regarder vraiment. Tu comprends ?

— Je crois, oui. »

Le moment de la révolution a échu dans le cœur de Jing. Une libération. Un élargissement. Se re-découvrir, se purifier. Sourire à ses secrets, au vrai. Être soi-même. Des pieds à la tête. Soi-même. Avec son indigence et ses pénuries. Retourner à l'endroit du sensible. Du vulnérable.

Dorénavant, la vie de Jing va palpiter en lieu et place de l'incertitude et des bouleversements. Elle oubliera la femme du monde, inventera la divine. La mère.

« Et toi alors, qu'est-ce que tu racontes ? dit Jing.

— Qu'est-ce que tu veux savoir ?

— Tout.

— Ben...

— Comment vas-tu ?

— Très bien.

— T'es sûre ?

— Oui.

— Vraiment ?

— Vraiment.

— Comment vont tes mains ? Comment vont tes seins ?

— Jing, tu as bu ?!

— Non... Non, j'te jure.

— T'as pris quelque chose ?

— Non. Rien. Je veux juste savoir comment tu vas.

— Comme d'habitude.

— Ton âme, comment va-t-elle ?

— Je crois qu'elle s'en sort. Et la tienne ?

— Mal. Et pas seulement à cause de ce qui arrive à Luxi. Là, tout de suite, j'ai envie de mourir. Je n'aime plus ma vie.

— Pff...

— Je te jure.

— T'as le plus beau mari du monde.

— Il ne me sert à rien.

— File-le-moi !

— Si tu veux. Je me sens moche.

— Allez...

— Mais si. La beauté ne profite qu'à ceux qui lui sourient, de toute façon.

— Pourquoi tu ne demanderais pas à Wei de t'offrir quelque chose de très brillant et de très cher ? Ça te réconciliera avec la vie.

— Tu penses ce que tu dis, là ?!

— Jing, je blague !...

— Je me demande. En fait, je ne te connais pas, Danjie. Plus.

— Pourquoi tu dis ça ?

— Ma fille est en danger de mort ici et toi, tu batifoles à Pékin, tu fais des affaires dans le beau monde. Et tu tournes tout en dérision.

— Tu m'en veux ? Je ne suis pas insensible, tu sais. Je m'inquiète pour Luxi. Mais je crois que tu exagères, elle n'est pas en danger de mort.

— Tout ça va mal finir, je le sens.

— C'est toi qui vas finir par lui porter la poisse en pensant de cette manière.

— Tu ne te rends pas compte de la violence de ce qu'elle subit, Danjie. Et tu connais ma fille, elle est imprévisible. Combien d'enfants harcelés se sont suicidés parce qu'ils n'ont pas tenu le coup ?

— Luxi n'est pas comme ça.

— Qu'est-ce que tu en sais ?!

— Elle a une force immense.

— Est-ce que ça va suffire ?

— Je vais prier pour elle.

— Mais tu n'as pas la foi !

— Ça ne peut pas faire de mal.

— T'inquiète, je vais me débrouiller. Je protégerai ma fille, quoi qu'il en coûte !

— Je sais. »

Jing se rembrunit.

« À quoi tu penses ?

— Je voudrais être la souche d'un très vieil arbre. On s'assoirait sur moi. Je ne dirais rien. J'écouterais juste les conversations. Ça fait du bien d'écouter... Tu trouves que j'ai l'air d'une dingue en disant ça ?

— Non... Ça va s'arranger, Jing. Fais confiance.

— J'arrive pas.

— Tu veux que je vienne ?

— À Nice ?

— Pourquoi pas ? J'irai la voir, moi, cette Jade.

— Et ?

— Je l'empêcherai de nuire.

— Je ne suis pas sûre que...

— Enfin, si tu as besoin, dis-moi, et je rapplique. Vraiment ».

Le vide, soudain. Personne ne s'en plaint. Il y a des espaces contrariés, des abîmes. Puis, tout rentre dans l'ordre. Le silence joue, il apaise. Jing se perd dans ses pensées, revient.

« J'en ai marre de faire des affaires, Danjie.

— Comment ça ?

— Je vais me remettre au violon. J'essaierai de trouver des boulots dans des petits orchestres, en rentrant à Pékin. Faire du jazz peut-être. J'ai toujours rêvé de faire du jazz.

— Tu vas lâcher notre business ?!

— J'aime les antiquités, mais la musique, c'est plus important. Je dois me concentrer sur ce qui est important. Je veux m'intéresser à ce qui touche Luxi, à ceux qui volent. Aux insectes, aux fous de Bassan. Mieux connaître les arbres aussi.

— Je comprends.

— Le ginkgo biloba, tu vois la tête qu'il a ?

— Non.

— C'est l'arbre aux quarante écus. Luxi l'adore.

— Ah !

— Tu perds quelque chose de ne pas le connaître. Après l'explosion de la bombe atomique à Hiroshima, c'est le seul végétal à avoir résisté aux radiations. Il peut vivre mille ans.

— C'est fou !... Ah mince, il est déjà 11 h 30, j'ai pas vu l'heure passer. Faut que je file à une vente, là. Désolée. On se rappelle ? »

Elles raccrochent. Jing enfile un pantalon et part dans le jardin. Elle s'allonge sur le sol, près d'un arbre dont elle ne connaît pas le nom. L'herbe est humide. Le vert éclate sur la peau nue de ses seins. Jing est une toile. Le pinceau de la nature la colorie. Elle bouge comme un varan. Elle est folle. Son esprit grince, rebique, pleure.

16

Des cordes de suie ont accroché le ciel. Ça crépite dans la bouche du Tout-Puissant, de LA Toute-Puissante, le tonnerre se prépare.

Au-dessous, Luxi et sa mère, deux taches minuscules, filent à tout berzingue sur la départementale qui longe la villa. Elles brûlent l'asphalte à s'en déboîter les chevilles, coupent à travers champs. Jing jette son torse dans l'air glauque, balance ses gambettes droit devant. Elle n'a plus l'habitude de courir, mais là, sa fierté de daronne est en jeu alors elle y va. Une odeur prend soudain d'assaut les muqueuses, ça empeste la vélelle, ces petites méduses bleues venues s'échouer sur les plages du coin, des semaines avant l'heure. La puanteur est partout aujourd'hui, pas seulement au bord du littoral, elle bouscule le centre-ville, la campagne, chevauchant les vents comme des chauves-souris invisibles, perdues dans le maelstrom des vies humaines. Ça chlingue à s'en débringuer les sinus, mais ni Jing ni Luxi n'en font cas. Imperturbables, elles continuent de courir dans la pestilence et le vilain temps comme elles courraient dans les jasmins et le bleu. Jing n'en peut plus, elle se serait bien arrêtée de cavaler il y a un bout de temps, mais elle s'entête dans son effort car le plus important est de faire plaisir à sa fille. Elle sait que Luxi rêve de ça : une mère oblative, qui saurait donner d'elle-même et bouger son corps en cadeau. Certes, ce footing n'est pas une première : lorsqu'elles habitaient encore Pékin, il fut un temps où elles couraient et faisaient des exercices de tai-chi tous les samedis dans le parc Beihai, mais leur dernier entraînement remonte à une bonne demi-douzaine d'années, c'est très loin, trop loin, et maintenant Jing a décidé de se prendre en main, d'être une mère responsable, de soutenir sa fille coûte que coûte, d'accomplir des choses concrètes pour et avec elle : se dégourdir les jambes, cuisiner, aller au cinéma, visiter un musée, partager une lecture, jouer à la corde à sauter ou à s'éclabousser dans la piscine. Hier elle a acheté comme prévu le fameux carnet dédié à Luxi et y a noté ses premières réflexions cultes. La plus ancienne à avoir chahuté son ramentevoir date du sixième anniversaire de sa fille, fêté à Shenyang dans la maison de famille maternelle. Luxi ouvrait un cadeau quand elle s'était soudain interrompue, s'était précipitée dans les bras de sa grand-mère Jialu et avait fondu en larmes.

« Pourquoi tu pleures, chérie ? lui avait demandé Jialu.

— Je pleure parce que je ne t'ai pas connue quand tu étais une petite fille et que cette enfant me manque. »

Dorénavant, chaque jour, Jing trouvera une nouvelle idée pour aller vers sa fille, dans son monde, à l'endroit de sa peine et de ses excentricités. Elle viendra, reviendra, soulèvera le voile, jouera des magies. Et Luxi renaîtra de ses cendres. Tout recommencera : les premiers sourires, les premiers pas. Jing reprendra tout dans l'ordre et elle se souviendra. Quelle gamine était sa fille, la suavité de son intelligence, ses yeux de jade noir aux sels de titane. Tout se déroulera à nouveau dans la marelle de son esprit, et elle les retiendra, elle ne les quittera plus cette fois, ces images de Luxi qui sont passées trop vite.

Aujourd'hui, Jing n'a encore rien avalé. Elle a dormi, écouté de la musique, a lu quelques pages d'un livre facile et s'est recouchée. C'est la nausée qui l'a sortie du lit. Elle s'est précipitée dans la salle de bains pour vomir mais n'y est pas parvenue, même en se fourrant un doigt dans le gosier à s'en percer les amygdales. Son amie Danjie l'a appelée peu de temps après. Il n'était plus question d'arbres ou de supplément d'âme, cette fois. Elles ont parlé guéridons, commodes et de la vente privée à laquelle Danjie s'était rendue la veille, d'un lot de très belles tables de bistrot européennes des années trente en bakélite estampillée et pieds d'acier. Danjie a dit regretter son absence parce que, ensemble, elles auraient pu acheter tout le lot et le revendre à bon prix. Jing n'a pas cherché à épiloguer, ni à lui rappeler que tout ça, c'était fini pour elle. Elle a juste embrayé sur le sujet de sa fille et a fondu en larmes en confiant qu'elle n'avait pas réalisé avant cette histoire de harcèlement à quel point elle se sentait proche de Luxi par moments, et combien cette proximité la bouleversait. Quand elle a raccroché, des sanglots fourraient encore sa gorge. Elle a pris conscience que ses conversations avec Danjie ne lui faisaient pas toujours du bien à cause de leur manque de profondeur et s'est demandé si cette relation ne finirait pas par s'éteindre. L'envie soudaine de confier son spleen à son mari l'a titillée et elle lui a téléphoné. En tout, elle l'aura appelé cinq fois depuis le début de la matinée, en coup de vent bien sûr, parce qu'il était chaque fois accaparé par un tas de choses et Jing ne voulait surtout pas lui occasionner du tintouin. Au dernier coup de fil, Wei a tenté de la réconforter au sujet de leur fille en affirmant qu'il rentrerait tôt avec l'idée d'une solution radicale susceptible d'enrayer définitivement la situation. Jing n'y a pas cru et elle a raccroché avec de la bouillasse dans l'estomac.

Il est 17 heures et déjà, dans le ciel, la dynamo se détraque. Plus d'électricité. La lumière vire, s'étouffe. Jing est dehors, allongée sur l'herbe, presque nue – une habitude depuis quelques jours –, elle observe les nuages qui prennent le pouvoir sous ses yeux. Elle rêvasse, elle médite. Ça pique dans son dos et elle se dit que, peut-être, un ixode – c'est le mot qu'emploie Luxi pour parler d'une tique – va s'agriffer dans la soie de son étoffe, s'enfoncer et tout fusiller à l'intérieur. La maladie de Lyme, elle aimerait la choper, saigner dans ses entrailles. Elle espère le miracle. La lame subtile d'une guillotine. Un ennemi venu du tréfonds de la terre. Un insecte nouveau, carnassier et violent. Un parasite extraterrestre qui l'investirait sans crier gare comme le lierre rudéral investit une demeure et l'asphyxie. Il transirait ses pensées, roussirait son cerveau, la zigouillerait. Sur l'herbe, des litres de liquide organique, de l'horreur se répandraient. Jing se viderait jusqu'à la dernière goutte. Au moins, elle ne souffrirait plus. Ses bronches s'étiolent à se faire du mouron en permanence. Elle respire mal, elle dort mal, elle mange mal. Pas une journée sans qu'elle n'imagine sa fille avec une jambe en moins, la gueule découpée, un trou dans l'abdomen. De l'ignoble. De l'inimaginable. Ça la mine. Elle se dégrade dans ses pensées. S'imaginer pouvoir la perdre, ce n'est plus tolérable. Luxi est tout le temps là, en elle, autour, derrière, devant, à côté, dans son lit, dans sa nourriture, sa musique. Les notes du concerto en *ré* majeur de Brahms, ce sont les doigts de Luxi qui agrippent. À table, le vert des légumes, c'est le bronze de ses yeux. Luxi est de partout, de chaque instant. Dans ses joues épeurées, ses humeurs, son pouls.

Jing voudrait bien qu'on se préoccupe de son sort là-haut, une instance supérieure, quelqu'un. Elle a vraiment besoin d'un coup de pouce, connaître la direction à suivre, la solution pour sortir de ce marasme. Soudain, elle lève la tête vers le ciel, s'ouvre à la lune, s'adresse à ses cratères, au fer liquide de son noyau, son océan cristallisé. Des torrents. Des camions de foudre qu'elle décoche de toutes ses forces. Entendez-les, les hurlements de la tigresse. Ce ne sont même pas des prières, des mercuriales à l'encontre de Jade. Ce sont des fusées remplies de spectres et de sécrétions. Et maintenant l'angoisse harcèle. Jing la prend de plein fouet. Dans les genoux, le coccyx, la face. Elle en a mal au bide d'en trop bâfrer. Elle flageole, fermente. Et elle tombe de Charybde en Scylla, la reine écaillée. Elle évacue des blocs de noir. Elle voudrait creuser loin dans la glèbe, aller chercher l'outil de son annihilation, la possibilité de l'écroulement. Mais surtout, ne plus s'inquiéter. Disparaître. Totalement. Elle visualise un lac acide, droit devant elle, pense à s'y jeter. Ça l'élèverait de fondre. Elle pourrait, elle voudrait. En se pressant le cœur, de l'acide sulfurique jaillirait et elle se déliterait, s'écoulerait dans le jaune. L'âme s'exhalerait. Et pour finir, Jing renaîtrait. Elle reviendrait à elle-même, à son centre, à sa mission première : aimer sa fille, ses fêlures, son génie débridé. L'aimer le dimanche, la semaine, ne pas savoir aimer et l'aimer pourtant, sans garde-fou, avec sa hargne et son repentir, l'aimer mille ans, cent mille ans après sa mort, après la mort du soleil, dans quatre milliards et demi d'années, l'aimer avec son sang, la magie de ses mains et ses moucherons de l'âme tourbillonnaires, aimer sa création ultime, chair de sa chair, aimer sans frein.

Jing veut se battre. Se battre contre soi-même, le tout petit soi-même, il n'y a que ça qui peut faire la différence. Se battre, se battre, se battre ! Devenir une géante rouge pour son caillou, son chou, sa brindille extraordinaire. Agir. Corrompre. Écraser la fatalité, lui montrer de quel bois elle se chauffe. Jing sauvera son enfant.

Elle se lève, marche jusqu'à la piscine, plonge. L'eau est un serpent qui se love dans ses huiles et la tenaille. Elle nage, tire sur ses bras, ses jambes. Elle aimerait se remplir, gonfler, voler dans la matière bizarre, n'être plus que fluides et distorsion. Elle avance. La peau ripe sur les montagnes aqueuses. Le temps s'éteint dans les remous. Ses bras ouvrent des mondes. Une sensation de l'au-delà comme des pichenettes d'oiseaux liquides. Jing évolue dans l'univers instable. Elle est une gosse. Elle est un poulpe, une murène. Ses mouvements sont sans fin. Elle ne s'arrêtera pas. Elle ira dans le secret de l'eau comme on va à la guerre. Elle vaincra. Elle survivra. L'amour est immortel. Mille pensées sans queue ni tête, quand elle nage. Elle ne réfléchit plus comme une humaine, maintenant. L'arbre, la feuille, le rocher, un fugu, une malo kingi guident son esprit. Des réflexions venimeuses, vertigineuses. Une profusion de matière noire. De la barbarie. Du grinchu.

Elle voudrait rire, pleurer. Tout se mélange, elle ne sait plus très bien quelle est l'expression appropriée à ce qu'elle ressent, le rire ou les larmes.

17

Depuis maintenant un bon quart d'heure, Jing attend à la sortie du collège. Elle s'est acheté un paquet de clopes brunes sans filtre et elle fume. Ça ne lui est pas arrivé depuis plus de quinze ans et à l'époque, elle préférait les blondes avec filtre. Jing n'en a rien à carrer de se détraquer la santé, elle veut sentir le vent épais dans ses poumons, la fumée qui fait mal. Ça la rassure de savoir qu'un spectre menaçant rouspète à l'intérieur. Elle a envie de s'abîmer à l'endroit du précieux, du secret, ne pas être éprouvée seulement à la source de l'âme, mais dans le lieu du réel. Elle veut souffrir comme sa fille souffre en ce moment. Le partage est une réparation. Si elle ne morfle pas avec Luxi, qu'elle n'est pas capable de faire connaissance avec cette douleur-là, la même exactement, alors c'est qu'elle ne vaut pas un clou, que dalle, c'est le signe que de la mère, elle n'a rien de plus que le nom. À partir d'aujourd'hui, la souffrance de sa fille doit circuler en elle. Un pont doit se construire, les cœurs communiquer. Il faut se montrer généreuse, compatissante, sans quoi ça finira mal. Se fracasser la gueule sur un trottoir après une nuit entière passée à se cuiter, se scarifier dans les chiottes, se brûler les poignets avec le bout incandescent de sa sèche, valdinguer dans la géhenne, c'est ce qui risque de lui arriver.

Je ne plaisante pas, Jing a besoin de ça, d'un mouvement de violence auquel elle succomberait, par solidarité envers sa fille, par empathie.

Juste après que la cloche a sonné, une flopée de gamins rapplique. Pour Jing, chacun d'eux est suspect. Elle les dévisage et ses yeux sont des sabres ; ils n'ont qu'à se poser et vient le sang comme l'eau vient au nuage.

Luxi finit par apparaître dans la foule des élèves. Elle détonne, pas parce qu'elle est chinoise, une Jaune parmi ce tas de Blancs caucasiens – les Chinois ne sont pas jaunes d'ailleurs, c'est une connerie, ou alors il faut sérieusement songer à une nouvelle façon d'envisager cette couleur –, Luxi détonne parce que c'est Luxi, pas parce qu'elle se dandine avec ce flegme incroyable ou qu'elle est seule, mais parce que la multitude la lisère, non plus parce qu'elle ne cause à personne – ce qui la rend un brin discordante au milieu de cet aréopage de collégiens où tout le monde jacasse –, mais parce que son silence est un cantique, parce qu'elle marche et que la lumière des glaciers roule sous ses pas.

Quand elle rejoint sa mère, le soleil fait une percée dans le gris. Elles échangent un sourire contre des mots usés. Puis, vient le sujet de la cigarette.

« Qu'est-ce qui t'arrive, maman, tu fumes ?!

— J'ai juste acheté un paquet et je compte le vider d'ici ce soir. Après je ne fumerai à nouveau plus pendant quinze ans.

— Je ne savais pas que tu avais fumé étant jeune.

— Je suis toujours jeune.

— Sans doute. Étonnant de t'y remettre comme ça, juste pour une journée, non ?

— C'est quelque chose que tu aurais pu faire toi, si tu avais mon âge et que tu avais fumé.

— C'est vrai.

— Tu vois, je t'imite. Je prends ta liberté. Et je parle comme toi, d'ailleurs. Moi, je n'aurais jamais dit "je prends ta liberté".

— Je suis d'accord. Tu es malade, maman ? »

Ethan déboule alors sur sa mobylette. Sa passagère est une fille de son âge à la sensualité pétulante. Agrippée à sa taille, elle fourre une main dans les secrets de son falzar et Luxi l'imagine tout de suite en train de lui triturer le zgègue. Ah les mecs, tous pareils, ils finissent toujours par se consacrer aux filles qui s'occupent bien de leur queue ! Luxi étouffe un rire, décoche un signe en direction d'Ethan. En l'apercevant, il fait une embardée vers le trottoir et redresse son engin *in extremis*. Les regards de la fille et de Luxi se croisent comme on croise le fer. Ethan, pressé de disparaître, met un gros coup d'accélérateur.

« C'est qui, lui ? dit Jing.

— Un ami.

— T'es sûre ?

— Je le croyais jusqu'à aujourd'hui !

— C'est-à-dire ?

— Rien, maman. Je ne pensais pas qu'il se sentirait mal d'être vu avec sa copine. Je ne savais même pas qu'il en avait une, d'ailleurs.

— Tu le connais bien ? C'est un ami de Jade ?

— Mais non. Je t'en ai déjà parlé, c'est Ethan, tu sais, Ethan…

— Celui qui veut aller faire du kung-fu en Chine ? »

Puis, des éclats de voix. Jing se retourne. Quelques mètres derrière, un groupe d'élèves dont une fille qui se détache des autres par l'enthousiasme de ses mouvements, la blondeur crue de sa tignasse. Jing sent les regards au couteau. Celui de la fille, surtout.

« Et eux, tu les connais ? C'est qui, elle ?

— Où ?

— Là, juste devant, avec le pull vert. C'est qui ? Elle me dit quelque chose. Elle est dans ta classe ?

— Non.

— Elle arrête pas de nous regarder.

— Ah bon ?

— Oui, Luxi. Elle nous fixe, tu vois bien.

— Peut-être.

— Tu la connais ?

— ...

— Luxi, tu la connais ! Arrête de me mentir. C'est Jade, c'est ça ? »

Luxi ne réagit pas.

« Dis-moi ! Il faut que tu me dises, cette fois, t'as compris ?!... Je t'écoute !

— ...

— Je ne lui ferai rien, je te jure, mais parle ! »

Toujours pas de réaction. La mère fulmine. Elle s'accroche avec son regard oblique. Si ça continue, elle va péter un câble. Luxi n'a plus le choix, elle moucharde.

« Oui, c'est Jade. »

Enfin, Jing peut mettre un visage sur la responsable du calvaire de sa fille. La sale crevure est là, à portée de main ! Comme elle aimerait lui chanter pouilles, la fracasser, la décapiter, faire macérer sa tête dans une décoction de baies et la réduire à la manière des Shuars d'Amazonie. Rester là à ne rien faire, c'est trop dur. Un supplice. Jing s'immobilise. Elle prie un instant, pas besoin d'être croyante pour ça. Elle invoque tout, n'importe quoi, un ange travesti, un faux dieu : « Donnez-moi la force de ne pas commettre de meurtre, s'il vous plaît, retenez-moi, retenez-moi... » Allez, va, elle la contiendra bien sa furie. Il le faut, pour sa fille, pour elle, pour la dignité. En adulte responsable, elle doit donner le bon exemple, éteindre l'incendie. Alors sur-le-champ, désespérée, meurtrie au profond de sa couenne, elle se jette corps et âme dans les bras du pardon. Elle serre fort, supplie le Ciel de lui donner ce qu'elle s'oblige à réclamer, l'esprit de compassion. Le temps reste en carafe une seconde, puis, déterminée, Jing attrape sèchement la main de sa fille.

« Viens, chérie, on s'en va ! »

Au moment de bifurquer dans la rue où la Jaguar est stationnée, elle se fige, jette un dernier coup d'œil en direction de Jade. Cet œil vaut tous les tigres, les bêtes laides et géantes de tous les contes et légendes. Il roule comme un tambour.

Jing hésite. Elle souffle un grand coup, essaie de se contenir. C'est maintenant ou jamais, le moment de gagner sur soi-même, de lâcher prise, vouer aux gémonies cette haine qu'elle éprouve, l'annuler. Ne pas broncher, se tenir à distance. Dire non, non, non au gras des représailles. Mais l'œil insiste et la proie est coriace. Jade s'approche, mauvaise. De la poudre à canon dans les ronds de silence, elle nargue sans complexe. Jing s'immobilise. Elles se jaugent. Luxi tire sur le bras de sa mère.

« Viens, maman, allons-nous-en. Viens... s'il te plaît ! »

Jade continue de se rapprocher. Elle se plante à une dizaine de mètres de Jing et la provoque avec ses joues de mépris et son air de petite salope dévergondée. Elle s'en donne à cœur joie, y va à fond la caisse et les glisse bien profond dans le cul de Jing, ses doigts d'honneur. Alors là, c'en est trop, les instincts de meurtre de Jing se coagulent. La colère la décoiffe. Elle tente de la repousser une dernière fois, trépigne, prend sur elle, prend sur elle au maximum, implore son instinct de ne pas l'exhorter à tordre le cou de Jade, résiste, va au cœur de toutes les résistances... mais trop tard, la poche est crevée, le mal s'est répandu. Jing abandonne la main de sa fille et se met à charger, tête baissée, corne en avant comme un rhinocéros, du grabuge dans les poumons et du feu dans la carne. Elle court à ébranler la terre. La ville entière part en fumée dans son dos.

En voyant l'animal qui fonce, Jade pige tout de suite de quoi il retourne. Le gong a sonné. Le moment de payer sa dette vient d'échoir. Quoi qu'elle puisse entreprendre, n'importe où elle tenterait de fuir, pas d'issue ! La tigresse de mère est en chasse maintenant, rien ne pourra changer ça. Alors, une centaine de mètres plus loin, hors d'haleine, les jambes à bout, Jade démissionne. Elle s'arrête, s'adosse à un muret, reprend sa respiration, mais pas le temps de dire ouf que l'enragée est déjà là : infernale, méphistophélique, elle la toise avec les yeux d'un taureau que le rouge de la muleta a rendu fou. Jade panique. Elle fait un pas en arrière, Jing un en avant.

« Non, non... Au secours... »

De la fumée dans les pognes, la timbrée de mère saisit la petite criminelle par le col. Elle la plaque violemment contre le mur, pose ses mains sur son cou et appuie. Jade est terrifiée. Elle étouffe. Jing finit par relâcher son étreinte.

« Je vais te crever les yeux si tu continues de faire du mal à ma fille...

— Pardon, pardon, madame... Je ne recommencerai pas. Je le jure. Je le jure.

— Je te fais peur ?

— ...

— Alors, ils font quoi tes parents ?

— ...

— Ils font quoi ?!!!

— Exploitants agricoles.

— Ils savent que leur fille est un monstre ?

— ...

— Tu vas où, là, tu rentres chez toi ?
— Non, je vais faire du roller.
— Elle est loin, ta maison ?
— Un peu.
— Elle est où ?
— …
— Elle est où, tu me réponds ?!
— À Saint-André-de-la-Roche.
— C'est quoi ton adresse ?
— …
— Ton adresse !
— La ferme de l'Aube, 10, chemin des Treuyes. C'est juste à la sortie du village. »

18

Sur le siège passager de la décapotable, Luxi, en larmes. Sa mère n'y prête aucune attention, elle n'est plus là, dans la réalité, mais à cet endroit où demeurent les vampires avant d'aller au bal des orgies sanguinaires, lorsqu'ils imaginent les nuques offertes, ces litres de rouge bientôt soumis à leur gosier.

« Tu roules trop vite, maman.

— Je sais.

— Ralentis, s'il te plaît.

— Tu pleures ? Luxi, tu pleures ?! Ça ne va pas ?

— Tu m'avais promis de ne rien faire !

— Je suis désolée, chérie, mais c'est sa faute, c'est elle qui m'a provoquée.

— C'est toi l'adulte !

— J'm'en fous. Il faut que ces histoires s'arrêtent. Ça ne peut plus durer, Luxi, tu comprends ! »

Elles traversent une campagne foudroyée. Rien n'est plus tangible que la rage de Jing qui transpire ici ou là, sur la tige d'une fleur, un bourgeon, ce baroud qu'elle s'apprête à livrer. Au loin, on aperçoit une exploitation agricole, des bâtiments du siècle dernier en pierre de taille, des dépendances.

« On arrive, chérie. Tu vois, ce n'était pas si loin ! »

La vue de la ferme retourne l'estomac de Luxi. Elle porte la main à sa bouche.

« Ça ne va pas ?

— J'ai envie de vomir.

— Attends, attends, chérie, je me gare. Tu peux te retenir ?... »

Les joues se gonflent comme des baudruches. Luxi sort de la voiture. Elle fonce vers le champ, s'agenouille au bord du fossé. Son estomac gondole. Elle défaille. Jing la rejoint, elle se courbe, soutient le front encombré de sa fille, aide le bidon à jeter ses misères. Ce sont toutes les guerres du monde qui se livrent dans la bouche de Luxi.

« Ça va mieux, ma puce ?

— Hum.

— Tu es sûre ?

— Sûre. »

Luxi se reprend, souffle, fait revenir la vie dans son ventre et ses pommettes. Elle se relève, entraîne sa mère vers la Jaguar. Sur le chemin, un chêne sessile attire son attention. Elle lui sourit en implorant son soutien car un peu de cette solidité qu'il déploie serait bienvenue ! Du courage, elle en a bien besoin. Rencontrer les parents de Jade n'est pas une mince affaire. L'angoisse lui scie les jambes.

« Maman, je ne veux pas y aller !

— Mais de quoi tu as peur ? Tu n'as qu'à m'attendre dans la voiture si tu ne veux pas venir !

— Non. S'il te plaît, rentrons.

— Trop tard.

— Pourquoi ?... Je t'en supplie, maman. Ses parents vont la punir, je le sais.

— Et alors ?

— Ce n'est pas une bonne chose.

— Tu as une meilleure solution ? Je t'écoute !

— …

— Tu vois, pour une fois, il n'y a rien à ajouter.

— Je t'en prie, maman, rentrons !

— Il n'en est pas question.

— Tu t'en fous de mon avis, c'est ça ?!

— Luxi, tu vas finir par me rendre folle. Je ne sais plus quoi faire avec toi, tu sais !

— Je sais.

— Si seulement tu te décidais à te défendre…

— …

— Mais dis quelque chose, bon sang ! Parle !

— Mes ennemis sont mes amis. Ils m'obligent à être plus forte.

— Arrête ça tout de suite, Luxi !

— Ce n'est pas moi qui parle, maman.

— C'est qui ?

— Quelque chose qui est en moi mais qui ne m'appartient pas et qui a plus de valeur que moi.

— Je ne comprends rien à ce que tu me racontes, chérie, rien !! »

Luxi se crispe, un mur de larmes se dresse. La colère de Jing retombe aussi sec.

« Dis-moi comment je peux te soulager, mon trésor. Dis-moi. Je t'en prie. Dis-moi ce que je dois faire. »

Luxi s'approche, plante ses yeux dans ceux de sa mère. Le temps s'essouffle ici et sombre.

« Prends-moi juste dans tes bras, maman. Prends-moi dans tes bras, s'il te plaît ! »

Jing baisse les yeux. Elle saisit la main de sa fille sans dire un mot, la fait monter dans la voiture, grimpe à son tour. Le silence est un fossoyeur.

La Jaguar se gare devant la ferme des parents de Jade. Luxi ne sera pas de la partie, c'est au-dessus de ses forces. Sa mère n'essaie même pas de négocier.

« Attends-moi là, je n'en ai pas pour longtemps. »

Jing sort de la voiture en trombe, traverse un chemin. Plus loin, une terre chauve, un tracteur dont les griffes de la herse tournent le sol afin de dégager les plantules et préparer le lit de semences. Au volant, un homme mature, svelte, une bonne bouille.

« Monsieur. Monsieur, s'il vous plaît !... »

Concentré, il ne l'entend pas. Rien d'autre ne compte que cette glèbe qu'il courtise. Les couleurs de l'orge et de l'avoine éclairent ses yeux. Jing l'interpelle à nouveau.

« Monsieur. Monsieur !... »

Rebelote, pas de réaction. La mère s'approche, belliqueuse, hurlante. Le son du moteur déchire sa voix. Jing tonitrue, mais le bruit est plus fort. Il faut changer son fusil d'épaule et elle se met à gesticuler dans une danse foutraque. Elle parle avec ses mains sorcières. L'homme finit par la remarquer, il n'a pas l'air intéressé. Son tracteur change de direction, s'éloigne. Ça ne fait rien, Jing ne se démonte pas, elle n'a pas dit son dernier mot, ah ça non ! Elle s'avance vers la machine, les muscles en ressort.

« Je suis occupé, ça se voit pas ? Qu'est-ce que vous me voulez ?

— Vous êtes le père de Jade ?

— Hum.

— Je suis la mère de Luxi.

— Connais pas.

— Elle est dans la classe de votre fille.

— ...

— Jade se bat avec elle depuis des mois. Ça ne peut plus durer.

— J'suis pas au courant. J'ai du travail. Désolé. »

L'homme redémarre le tracteur, prêt à reprendre son activité. Un instant, il hésite puis, coupable, éteint à nouveau le moteur.

« Écoutez, on ne m'a rien dit, je ne peux pas vous aider... je suis désolé. Voyez ça avec ma femme, elle est dans la porcherie avec les cochons. Droit devant vous, la porte verte. »

Plus tard dans la soue, cris, confusion. Un vent de panique. Les cochons grouinent, perdus, se bousculent vers la sortie comme s'il y avait le feu dans l'étable. Par terre, la mère de Jade, petite quarantaine, replète, un beau visage, des yeux forts. Elle se débat dans la fange, griffe les joues de son assaillante, tire sur ses cheveux, se contorsionne afin de se dérober. Jing lui assène une tripotée de claques qui la rétame, bloque ses jambes entre les siennes. Elles roulent toutes les deux au beau milieu des porcs, coincées sous les poitrines qui empestent, les pattes affolées qui piétinent. C'est sec, brutal. Au bout d'une minute, la mère de Jade réussit à se libérer et tente de se relever. Jing grimpe sur son dos, la ceinture, la couche face contre terre. Elle attrape sa tête, la colle dans la merde de goret, l'en badigeonne, frotte sa bouche sur la paille imbibée d'urine. Les lèvres pissent, laissent un trait rouge dans la mouscaille. Le kif! Les mains assassines vont loin dans la jouissance. Chaque horion est un sacre. Le plaisir de Jing est immense. Il se mêle aux grognements des bêtes. Jamais elle n'a ressenti pareille extase, pas même en faisant l'amour. C'est autre chose de plus profond qu'elle éprouve en frappant, de plus intense, une complétude, une joie qui la saisit au plus clair de son être. Jing se parachève. Mourir, là, dans le fumier, ne la gênerait pas. Ce qui compte maintenant c'est de sauver sa fille et, à cet égard, la qualité du châtiment infligé à cette ordure dont Jade est issue sera déterminante. Cette salope qu'elle tabasse avec toute sa ferveur ne doit pas s'en sortir vivante !

« 我会杀了你。我会杀了你! » *Wo hui sha le ni. Wo hui sha le ni*. Je vais te tuer. Je vais te tuer !...

19

Pleine nuit, pleine lune. Jing, ivre d'obscurité, ne trouve pas le sommeil. Elle fait les cent pas au bord de la piscine. Les odeurs de haies d'orangers, de feuilles d'eucalyptus, la voie des cigales que tracent leurs échos, les nuances de gris des collines qui creusent le ciel au loin, cette forme de domination des arbres, des oiseaux, des papillons nocturnes que la pénombre lunaire transfigure, tout ça lui donne envie de se foutre en l'air. Elle se sent minable face à la perfection de la nature. Une tache de plus sur la grande nappe des existences humaines, c'est ce qu'elle souhaitait ne surtout pas devenir et, à regret, elle en prend le chemin. Si seulement elle pouvait revenir en arrière, au commencement, annuler le désir de procréation de ses parents, sa naissance.

Jing rêverait que sa fille aussi ne soit qu'un songe, qu'elle n'ait pas eu à s'incarner, à subir ça : l'âcreté de ce monde, ses injustices. Elle-même – la propre mère de Luxi – n'a pas su l'entendre, la toucher, la saisir. Elle n'a pas eu de bras pour son petit trésor. Elle s'est laissé bouffer par le quotidien après avoir arrêté le violon. L'entretien de la maison, les courses, les démarches administratives, les repas de famille, ses ventes d'objets antiques, tout, et puis les jours filent trop vite et puis, et puis... la vie matérielle se construit sur les ruines de la vie spirituelle. La tendresse des parents n'a pas sa place dans ces encombrements, les choses importantes n'ont plus leur place. Jing réfléchit à ces foutaises qui empiètent sur l'essentiel, à l'abrutissement dans lequel la société moderne l'entraîne, cette obsession qu'elle a pour le confort matériel, la facilité avec laquelle elle se laisse dégrader, la nécrose de l'amour. Elle a des haut-le-cœur en pensant à tout ce qu'elle a loupé, la mère médiocre qu'elle est devenue. Tout ça lui flanque le tournis.

Les tremblements de l'eau l'attirent, elle se penche au bord de la piscine, se dit qu'elle pourrait bien s'attacher à une pierre et se laisser couler, ce soir. Cette pensée l'apaise. Elle s'assoit, fourre ses pieds dans le liquide, pose sa main sur son ventre, à même la peau. Elle explore une minute le plat de la bedaine, le rond fibreux, souvenir de la circulation fœtale. Sa respiration se saccade. Elle sent le vide qui ronge à l'intérieur, une absence indescriptible derrière le nombril, dans la zone précise où, il y a douze ans, les premiers mouvements de sa fille, premiers impacts de la vie, ont surgi. Un prodige. Soudain, dans ce feu de l'intime, une volupté oubliée, trahie. Jing y revient, les yeux à l'endroit de la chair, du fœtus. Elle gauchit. Tout est clair. Elle la sent dans sa bidoche, la vie qui se presse. La seconde précise où elle est tombée enceinte. Le sentiment du ventre transformé. Ses hanches vibrent à retardement. Jing se lève, entre dans la villa, court vers la cuisine pour se désaltérer. Sa vue se trouble. Elle n'a pas le temps d'atteindre le réfrigérateur qu'elle se cambre, s'affale sur les carreaux tièdes. Les mémoires s'échauffent. La main de l'obstétricienne arrive avec sa vanité, elle déclenche la perte des eaux. Le corps de Luxi est mal positionné, il va falloir lutter. Jing se recroqueville, douille franchement. Des pics de douleur convulsent ses jambes, elle se relâche, s'inonde de pisse.

« Wei, Wei... » Elle crie encore : « Au secours... » Le mari endormi n'entend pas. De toute façon, il n'aurait pu la revivre une seconde fois cette épreuve. Trop sordide. Tant pis, aujourd'hui, Jing sera seule pour donner le jour. Des remous dans l'estomac, elle vomit. Son col s'ouvre à dix. L'expulsion va commencer. Jing a mal, elle ne se sent pas prête. Une tristesse la poinçonne.

De retour à la maison après onze jours d'hospitalisation, la façonnière de vie se fait incendier par sa mère.

« Tu t'es lavée, espèce de folle ! Interdit de se laver les intimités après l'accouchement, je te l'ai bien dit cent fois ! » crie Jialu.

Le corps est intelligent, il sait comment se protéger des agressions extérieures, il faut lui faire confiance, le laisser libre, au moins pendant un mois. L'eau n'est pas la bienvenue. C'est vrai, Jing le sait, mais les odeurs, on en fait quoi alors ?! Enfin, c'est comme ça, elle s'est lavée, elle s'est lavée, ça va pas lui boucher le derrière !

« Tu n'es pas une bonne Chinoise !

— Maman, je vis avec mon époque.

— Vous les jeunes, vous oubliez ce que les ancêtres nous ont appris.

— On a évolué.

— Tu n'es pas une bonne Chinoise.

— Tu l'as déjà dit.

— Je le redis.

— Comme tu veux, maman.

— La maternité commence mal pour toi, si c'est comme ça que tu as décidé de traiter ton corps.

— Et pourquoi ?

— Ta fille doit sentir que tu te respectes si tu veux qu'elle te respecte plus tard.

— Pff, maman... »

Toujours allongée sur les carreaux de la cuisine, Jing sort ébranlée de sa rêverie. La bouche pâteuse, le corps lourd, elle lutte pour se relever, ouvre le réfrigérateur, vide une bouteille de lait. En temps normal, le lait de vache est un poison pour les adultes, aujourd'hui c'est une pierre philosophale. Jing se ressaisit, passe de l'eau sur son visage, puis elle sent, les effluences de l'accouchement, tout ça. Nouvelle fourchetée de souvenirs. L'âme de Jing papillote. Une nuée de sanglots la traverse. Elle file à la salle de bains, se laisse un peu mourir sous le jet de la douche puis sort, enfile un peignoir et part au salon. Elle a besoin d'espace, de fraîcheur. La solitude, c'est un endroit réfrigéré, le lieu de la réconciliation, de l'apaisement. Elle ouvre la fenêtre, s'affale sur le canapé. Un léger vent s'engouffre. Jing agrée la température délicieuse, le silence. Ouf, ça fait du bien. Son pouls ralentit, son souffle se régule, le front se détend. Elle s'efface, ferme les yeux, s'assoupit. Le temps est mis sur pause. Tout pourrait s'arrêter là de manière définitive qu'elle ne s'en plaindrait pas, au contraire. Ça fatigue de vivre, d'avoir une fille avec une intelligence supérieure, un esprit déglingué. Les craintes au sujet du futur incertain de Luxi, les luttes à n'en plus finir avec les responsables du collège, l'impossibilité de trouver un terrain d'entente avec les parents de Jade, vraiment épuisant tout ça. Du repos, s'il vous plaît, du repos ! Elle est à bout, si rien ne change très vite, elle va finir par y laisser ses houseaux.

Soudain, un goût aigre la réveille. Du chaud bouillant dans l'estomac. Son ventre froissé l'oblitère. Jing se recroqueville. Les minutes passent, comme ça, à draguer la douleur. Dehors, le temps se gâte, le vent s'engouffre sous les fenêtres, fait brailler le métal. Une musique assez douce, en fin de compte. Jing tend l'oreille, se laisse bercer. Elle s'oublie. Une joie l'entortille. Elle s'ouvre à sa verdure, à son arbre intérieur. À bien y réfléchir, Luxi en constitue le tronc, oui, c'est ça, c'est exactement ça : le tronc ! Au regard de ce qui donne du sens à son existence, sa fille est en première ligne. Elle est sa source vitale, son inspiration. Son mari, lui, ne constitue pas un élément déterminant ou fondateur, il n'est presque pas réel quand elle y pense, comme si toutes ces années de vie commune n'étaient rien. La seule véritable construction de sa vie, c'est sa fille. Jing s'éclaire soudain en pensant à ses pieds minuscules, ses mains de cristal quand elle était bébé. Elle se redresse, traverse le couloir sur la pointe des pieds, entre dans la chambre de Luxi et se glisse dans le lit en rampant comme une limace. Elle a chaud, elle a froid, elle est confuse. Un vrombissement. Un frisson. Jing se presse contre le corps élémentaire, ferme les yeux. La divinité de sa fille la rehausse. Son odeur la submerge.

Cinq heures plus tard, elle n'a pas bougé d'un iota. Luxi sent la chaufferie dans son dos, le souffle de sa mère. Stupeur.

« Mais qu'est-ce que tu fais là ? Tu as dormi dans mon lit ?! Je ne m'en suis même pas rendu compte. »

Luxi flamboie. C'est l'occasion rêvée d'un câlin. Pas le temps de s'attarder malheureusement. Jing se lève d'un bond, se retourne vers le lit avant de quitter la pièce : « File te brosser les dents, chérie ! On va être en retard... »

20

Il fait un froid de gueux ce matin. On a remis les gros manteaux, fermé la capote de la voiture. La circulation est fluide sur la promenade des Anglais. Luxi ne quitte pas sa mère des yeux. Elle est hypnotisée par la gracieuseté de ses traits, la noblesse de ses mouvements. Être l'enfant de ce chef-d'œuvre esthétique et kinesthésique... une bénédiction, un miracle ! Luxi remercie le Ciel, ce qu'elle peut, ce qui vient, le vent, la mouche distraite qui se pose sur le rétroviseur. Une pluie d'or mouille son esprit. De la tristesse s'arrange dans ses pensées, de la joie s'y agrège. La beauté de sa mère la rend mélancolique, elle l'élève en même temps. Cette beauté est un sacre. Un langage commun à la terre et au ciel. Quand Luxi sera vieille et que sa mère ne sera plus qu'un tas de cendres, sa grâce continuera d'exister dans l'éther de ses souvenirs, dans le cosmos aussi. Tout n'aura pas disparu, la beauté ne meurt pas, elle est le souffle de la création.

« Qu'est-ce qu'il y a, ma puce ?

— Rien.

— Tu me regardes avec un drôle d'air.

— C'est de l'amour, ce regard.

— Je ne sais pas si je le mérite.

— Aucune importance. On fera les comptes plus tard, quand tu seras vieille.

— Oui, tu me diras.

— D'ici là, tu vas très bien t'en sortir. J'en suis sûre.

— J'espère. J'aimerais qu'un jour, quand tu viendras te recueillir sur ma tombe, tu puisses dire : "Tu me manques, maman. Tu as été si bonne pour moi." J'aimerais tellement. Parce que ma mère à moi, je ne suis pas sûre de pouvoir la regretter un jour.

— Maman, t'es vraiment bizarre en ce moment. »

Luxi approche sa main de celle de Jing. Le baiser qu'elle voulait y déposer meurt dans ses songes.

« Passe une belle journée. Tu sais ce que tu vas faire ?

— Des courses, aller à la mer sans doute, ensuite je dois donner un cours de chinois et rencontrer un probable nouvel élève.

— Tu te débrouilles très bien. Je suis fière de toi.

— Ta fierté me fait du bien, chérie.

— C'est mon ambition principale, maman : te rendre heureuse. Rendre heureux les gens autour de moi.

— Je sais, mon trésor. Je sais. »

Luxi se carapate vers l'entrée du collège. Elle a la sensation de parcourir ce chemin pour la dernière fois, comme si sa vie de collégienne touchait à sa fin, que la jeune fille soumise aux desiderata de professeurs esclaves des règles scolastiques, obligeant à apprendre des choses toutes faites, à se nourrir d'un savoir sous cellophane, allait disparaître, que la goutte d'eau qu'elle représente, entraînée par le courant du fleuve « éducation » vers un avenir dont elle n'a pas rêvé, dont les enjeux ont été définis par une norme qu'elle méprise, allait s'évaporer. Peut-être qu'elle va mourir, ce soir, demain, après-demain. Une espèce de prémonition la cisaille. Dans tous les cas, cette vie de collégienne n'est pas très excitante, elle n'aura pas de mal à la quitter. Luxi aurait tellement voulu que les professeurs lui parlent de ce que l'école ignore : la raison d'être des fleurs, les rêves d'abeilles, la magnificence d'un pistil.

En traversant le préau avec ses joues d'hiver, elle grelotte. Ethan l'aperçoit, se précipite vers elle, la queue entre les jambes.

« Sainte Lucie, tu es là !

— Salut, Ethan.

— Ça va ?

— J'ai froid.

— Je peux faire quelque chose ?

— Comme quoi ? Me prendre dans tes bras ?

— Par exemple !

— Ta copine ne va pas être jalouse ?! »

Ethan serre Luxi dans ses bras. Elle gémit. Il se surprend à bander.

« Je m'excuse de mon comportement de l'autre jour, Lucie. J'ai été lâche. J'aurais dû m'arrêter et me faire connaître auprès de ta mère, te présenter Agathe. C'est récent notre histoire, je ne sais pas pourquoi je ne t'ai pas parlé d'elle. Peut-être que je n'ai pas osé. Elle n'est pas comme toi.

— Elle est sexy, elle, c'est ça ?

— Non, non, c'est pas ça. Enfin oui, elle est sexy. Mais c'est pas que tu ne l'es pas. Tu pourrais l'être. Je ne sais pas, je... je n'arrive pas à te voir comme ça.

— Tu me vois comment ?

— J'y ai pas réfléchi.

— C'est pas grave. Je n'ai pas besoin de savoir comment tu me vois.

— Tu t'en fous ?

— Oui, ce qui m'importe, c'est ce que je ressens pour toi.

— Moi aussi, je t'aime beaucoup, Lucie, je... et... je... je ne sais pas.

— C'est bien de ne pas savoir, non ? »

Ethan sait en réalité. Il voudrait l'embrasser, la creuser, la triturer à l'endroit de l'âme, de cette chose qui ne se triture pas.

« Bon, je vais y aller.

— D'accord, vas-y. »

Jade arrive en classe un brin en retard. Elle aperçoit Luxi au premier rang, s'assied plus loin, dans la même rangée. Ce matin, elle a vraiment la petite Chinoise dans le pif. Des cornes poussent sur sa bobine salingue. Une gorgone. Elle profite de ce que le professeur de physique remet des copies et a le dos tourné pour sortir des feuilles blanches de son cartable, un marqueur. Elle écrit. Des mauvaises pensées usent ses mains : « T'es qu'une trouillarde. Je vais te faire bouffer ton cœur. » Puis, elle expose le texte au nez de Luxi quelques secondes, prend une autre feuille et recommence le même manège : « Te saigner comme un porc. » « Et je ferai boire ton sang à ta pute de mère. »

D'autres feuillets défilent. Des mots allumés par la haine. En échange, Luxi étire ses lèvres, bidouille des baisers, les lui envoie. Jade vitupère en silence. Les baisers la chaloupent. Luxi n'en démord pas. Des baisers, des baisers, des baisers. Jade serre les poings. Elle va bondir, défoncer la tête de cette enculée de Chinoise, lui fracasser les arcades. Luxi le sent, elle s'interrompt, sourit tout son soûl en se répétant la même phrase *in petto*, une espèce de mantra : « Je ne suis pas séparée de toi, Jade. Tu es ma chair, tu es mon sang, tu es mon âme. Tu es ma chair, tu es mon sang, tu es mon âme. Tu es ma chair, tu es mon sang… » Son visage irradie, on dirait qu'elle tombe dans un puits. Au fond, il y a des étincelles, il y a des prodiges, des eaux époustouflantes. Luxi n'est plus elle-même. Ses mains roulent, ses paupières tremblent. Son sang forge des ondes immenses et divines. Un soulèvement se prépare. Quand le professeur passe dans le rang remettre sa copie à Luxi, il blêmit en la voyant.

« Lucie, tout va bien ? Lucie ?! Lucie, qu'est-ce qui se passe ! LUCIE, parle !!!

— Oui, pardon, professeur. Ça va, ça va. C'est juste que je… je réfléchissais.

— Tu m'as fait peur. Tu es sûre que ça va ?

— Oui, oui…

— Comme d'habitude, très bon travail. 19,75 sur 20, la meilleure note. Je ne t'ai pas mis 20 pour t'encourager à ne pas te reposer sur tes lauriers… »

Aucun signe de satisfaction dans les yeux de Luxi, ce devoir ne lui a rien coûté de personnel. La fusion, la solidification observables à zéro degré, la vaporisation et la liquéfaction qui s'opèrent à cent, les changements d'état, tout ça, des choses apprises par cœur, sans cœur. Luxi sourit en récupérant sa copie, mais ce sourire n'est pas en relation avec sa note. La placidité qui ne la quitte pas le reste du cours n'est pas, non plus, une conséquence de sa fierté. Elle vient d'ailleurs, de cet endroit où une abeille apprend le goût des fleurs, cet espace où crapahutent une fourmi panda, un scarabée Goliath.

Après la sonnerie de la cloche, Luxi sort de classe en bourdonnant. Ce ne sont pas des bureaux d'écoliers, un tableau noir qu'elle laisse derrière elle, ce sont des rayons de cire verticaux, des alvéoles bourrées de larves, de pollen et de miel. Jade l'aperçoit qui file avec son air d'émerveillement. Elle se précipite dans sa direction et l'interpelle.

« Hé, la Chinetoque, attends, attends, faut qu'on se parle. Mais attends… J'ai pas eu le droit de sortir de tout le week-end à cause de ta pouffiasse de mère.

— Je suis triste que tu aies été punie.

— Mais ouais, bien sûr… Je te jure que tu vas me le payer. Je vais te crever !

— Même si tu me tues, je reviendrai pour veiller sur toi, Jade. Je ne peux pas mourir. Mon âme est éternelle. Je suis comme Obi-Wan Kenobi.

— Pauvre débile ! »

Luxi s'éloigne. Jade lui emboîte le pas. Elle arme aussitôt un coup de pied dans son dos, mais avant qu'elle ait eu le temps de frapper, Luxi se retourne, saisit sa jambe d'un geste brutal et la déséquilibre. Jade s'écroule, ventre au sol. Luxi lui saute dessus, l'écrase sans ménagement en lui maintenant les deux bras qu'elle tire en les faisant remonter vers les épaules.

« Tu n'as pas compris. Je suis une Jedi !

— Mais t'es folle, lâche-moi. Aïe, aïe… Lâche-moi, putain ! »

Luxi insiste, continue de tordre les bras de Jade avec une seule main, tout en appuyant sur un point de pression avec l'autre, en utilisant la technique du *dim mak*, « le toucher de la mort ». La douleur asservit. Jade est un rugissement.

Grisée par ses vociférations, Luxi attrape alors le vêtement de sa victime, tire dessus, colle son nez sur sa peau au niveau de la fosse cubitale. Elle vibre avec son odeur, l'hibiscus, la violette. Ces parfums sont parmi ses préférés et elle se demande si Jade ne possède pas cette faculté de mimétisme olfactif qu'ont certaines plantes à fleurs qui attirent les animaux susceptibles de les polliniser, comme les diptères qu'elles abusent en produisant les odeurs de sang ou d'urine dont ils raffolent. Puis, elle fourre son nez plus profondément dans le creux du coude, respire à fond, s'enlise, décolle, fait riper ses lèvres sur la carne sans cesser de presser les points d'acupuncture les plus douloureux. Jade se déforme. Luxi palpite, jubile. La grâce de cette violence la saisit. Des soleils la consacrent. Elle s'ouvre, s'ouvre au plaisir de faire mal. Elle ne sait plus où elle habite, ses sens vibrionnent, les bras de Jade obnubilent ses pensées, l'éblouissent – la perfection des biceps –, des machines à beauté presque aussi phénoménales que celles d'Éloïse. Luxi ne comprend pas comment elle a fait son compte jusque-là pour ne pas avoir remarqué leur exceptionnelle délicatesse. Elle continue de fixer les membres thaumaturgiques avec insistance. Sur l'étendue de peau, une bosse infime au niveau du petit palmaire, les nuances de la carnation, d'autres singularités qui lui sautent aux yeux. Elle est ensorcelée. Cet envoûtement lui donne faim. Un ramdam, dans le ventre. La chose vient de loin et la taraude. Pas de doute, c'est l'appétit de la chair. N'importe quoi, vraiment n'importe quoi ! se dit Luxi. Un instant, elle essaie de se raisonner, de dire non au désir que l'odeur fleurie des bras de Jade exaspère, mais plus elle refuse la tentation, plus celle-ci s'enracine. La bidoche l'attire comme le fer attire la foudre. Putain, quelle tannée ! Luxi se défend. Elle se tend. La douleur dans l'estomac l'envahit. Une famélique. Elle salive. Son désir l'arrache à elle-même. Il la tue. Elle dit non, elle dit oui. Finalement, elle lâche prise, sourit en son for intérieur et s'abandonne à la fringale. Résolue, elle ouvre la bouche, prend une grande inspiration et mord le bras à pleines dents. Du rouge s'offre à ses lèvres quand elle arrache un morceau de barbaque. La chaleur de la chair sanguinolente agite sa langue. Elle charcute, mâche le merveilleux, la tendresse. Le plaisir se déploie. La manducation est une fête. Une prière.

À l'instant, les démons anthropophages et le visage de la sainteté se combinent. Luxi est en larmes. Les hurlements de Jade qui pisse le sang la déchirent autant qu'ils l'élèvent. Bientôt, son estomac pourra la célébrer.

21

Nuit noire. Une lampe torche aveugle les buissons. C'est un trait qui perturbe. Jing et Wei avancent dans la garrigue à la manière de robots mécaniques dont l'énergie s'étiole.

« Chérie, chérie, réponds... Trésor, si tu es là, montre-toi, s'il te plaît... Luxi !... »

Pas de réponse. Les parents progressent dans l'obscurité, autant que dans l'angoisse. Ils éclairent ici, par là, par là-bas, dans la direction opposée, reviennent sur leurs pas, se faufilent derrière un pli, dans le maquis hostile, entre deux épineux. Rien. Une heure du matin, et toujours aucune trace de Luxi. Elle n'était pas à la maison comme prévu quand Jing est rentrée de ses cours de chinois, son téléphone était débranché. Depuis, pas de nouvelles.

« Luxi... Luxi !... On ne va pas t'engueuler, c'est promis... mais sors de ta cachette... Luxi ! Luxi... »

Comme cela leur a été conseillé au téléphone par la police, les parents continuent leur investigation sans faiblir. Route départementale, chemins en friche, champs cultivés, ils ratissent au plus large, repartent sur la route, regagnent le matorral, font une pause près d'un genévrier qui donne l'impression d'être en vie et d'avoir une conscience parce que les extrémités de ses aiguilles sont des yeux qui observent. Ça traîne en longueur. L'inquiétude s'amplifie. Les jambes dépriment. Wei, dont la journée a été rude, se pignoche à grands coups de soupirs contre la fatigue. Toujours rien.

En général, la plupart des enfants fugueurs s'éloignent à peine du domicile de leurs parents, on les retrouve en moins de vingt-quatre heures dans les lieux qu'ils ont l'habitude de fréquenter. Jing et Wei veulent y croire. Leur fille ne devrait pas être loin, calfeutrée dans un buisson, à confesse au cul d'un chêne, d'un olivier, peut-être... sans doute. Elle avait cette habitude à Pékin et ouvrait volontiers son cœur aux cerisiers dans les parcs, aux arbres nus dans le temple des Lamas où elle traînait ses guêtres au moins une fois par semaine pour prendre la température de ce haut lieu de la méditation et du tourisme, s'imprégner de l'ambiance, des odeurs, des sons, parfois des chants liturgiques ou des langues étrangères. Dans la rue où sa professeure de français habitait, il y avait un ginkgo biloba. Luxi avait tissé un lien d'amitié infrangible avec lui. L'avant-veille de son exil niçois, elle avait demandé à sa mère de l'amener le voir afin de lui annoncer son départ solennellement, les cours de français ayant cessé depuis déjà quinze jours. Elle était restée près de lui, à jaspiner, à se frotter sur sa robe croûtée. Elle avait chigné des larmes argentines en essayant de lui faire comprendre à quel point il allait lui manquer, son regret de ne pouvoir lui écrire. L'arbre s'était tordu dans ses pleurs. Jing avait laissé faire.

L'obscurité est devenue plus compacte tout à coup. Trois bonnes heures déjà que Jing et Wei tournillent. Soudain, du bruit. Ils s'immobilisent, écoutent. Rien, fausse alerte, une genette ou un petit animal du genre. Les optimismes s'écroulent. La fatigue atteint le cœur des os. Finalement le découragement aura raison de la ténacité.

De retour à la villa, le couple continue de passer en revue les conseils des policiers : la deuxième étape doit consister à joindre les amis proches de sa fille, leurs parents – mais Jing n'a aucune idée des fréquentations de Luxi en dehors de la fameuse élève dont elle s'oblige dorénavant à taire le nom. Elle est bien au courant de l'existence d'Ethan, le mioche entraperçu à la sortie du collège avec une gueule de petite frappe et une mobylette, mais elle ne connaît même pas son nom de famille. Hormis son amour des arts martiaux, elle ne sait rien de lui et ce n'est pas à 3 h 30 du matin qu'elle va pouvoir appeler le CPE pour essayer de glaner des renseignements à son sujet. Quant à Wei, il peine à se rappeler le nom du collège de Luxi, alors...

Une seconde, Jing se perd dans ses brouillards, essaie de se connecter à sa fille. Il faut penser comme elle, voir comme elle. Où va-t-elle quand elle disparaît de longues heures derrière la maison ? Elle n'a pas une cabane où elle a l'habitude de s'isoler ? Tout, n'importe quoi, le plus petit détail pourrait faire avancer l'enquête. Il ne faut rien omettre. Jing se creuse le bourrichon, frappe ses neurones. Une maman normalement constituée devrait en connaître, des choses sur son enfant. Une maman, ça sent, c'est comme un chien avec un odorat de chien, relié à sa progéniture par la voix des fluides, du secret. Jing ne devrait pas tarder à pouvoir se mettre quelque chose d'utile sous la dent. Elle trifouille ses méninges, réessaie, mais non. Zéro. Aucune idée lumineuse n'imprègne son esprit à l'instant. Wei fait de même, bouge dans ses pensées, mais rien de concluant non plus. L'appel du conseiller d'éducation en fin de journée, sa voix tremblante au moment de lui annoncer qu'il était arrivé quelque chose, que Luxi s'était engagée sur un terrain glissant avec une camarade et qu'elle ne couperait pas au conseil de discipline, aurait dû lui mettre la puce à l'oreille, en y songeant.

Il connaît sa fille, il sait très bien qu'elle a mal aux autres, qu'elle est ultrasensible, que ce n'est pas le genre à faire n'importe quoi, il aurait dû prendre plus au sérieux ce coup de fil du collège et anticiper cette crise au lieu d'envoyer paître l'importun sans l'écouter, en rétorquant qu'il était bousculé, qu'il fallait plutôt parler de ça à sa femme, responsable des choses de l'éducation.

« À propos, tu as eu le CPE ? J'ai oublié de te demander.

— Pas directement, répond Jing. Il m'a laissé un message, mais j'étais en plein cours. Quand j'ai rappelé, il était déjà parti. Alors, c'est quoi cette histoire de bagarre ?

— Luxi s'est enfin défendue, et elle n'y est pas allée de main morte, *a priori*. Le conseiller n'a pas donné plus de détails. C'est le comble quand même, c'est elle qui risque d'être renvoyée, maintenant !

— Vraiment, tu penses qu'ils peuvent la renvoyer ? »

La voix de Jing chevrote. Ses doigts s'alarment. Elle tremble. Wei ne réagit pas. Il est sidéré. Des larmes grimpent. Il va couler. C'est la première fois que Jing le voit dans cet état. Elle ne lui connaissait pas ces yeux-là. Ils la touchent, la requinquent presque.

« Qu'est-ce qu'on va faire ? dit Wei.

— Rester concentrés... Suivre les directives de la police, qu'est-ce que tu veux faire d'autre ? »

Prochaine étape : collecter les éventuels indices laissés par leur fille. Ils vont trouver, c'est certain, il faut y croire ! Opiniâtres, ils se dirigent vers la chambre de Luxi (je dis « ils » mais j'ai envie de dire « elles », parce que c'est Jing qui mène la danse à ce moment-là, comme dans pas mal d'autres, d'ailleurs. C'est elle qui représente la force, qui a de l'énergie pour deux, qui garde la tête haute. Le féminin l'emporte !). « Elles », donc, pénètrent dans la chambre de leur gosse, ouvrent les placards, soulèvent le matelas, jettent un œil sous le lit, sous les meubles, dans les boîtes où Luxi garde la nourriture pour ses insectes, dans les livres, les cahiers, derrière un robot en fer-blanc.

Jing l'aperçoit soudain, posée en évidence sur le bureau, la lettre qui leur est destinée. Elle tremble en se grouillant de décacheter l'enveloppe. Ses doigts fâchent le papier. C'est elle qui lit, Wei est derrière elle et son souffle est brûlant.

Ma chère maman, cher papa,
Cette après-midi, je me suis laissée aller à la violence.
Je dois partir quelques jours pour faire le vide et sortir de moi le mauvais.
Ne vous inquiétez pas. Je reviendrai bientôt.
Votre fille qui vous aime.
PS : Aujourd'hui, j'ai mangé de la chair humaine.

22

« Dans le langage des dieux, des nagas et celui des esprits,
Dans la langue des vampires et dans celles des hommes,
Ainsi que dans toutes les formes de langage de tous les êtres,
Puissé-je de toutes ces façons exposer le Dharma.
M'appliquant avec la plus grande diligence aux perfections,
Puissé-je ne jamais oublier l'esprit d'éveil
Et, quels que soient mes négativités et obscurcissements,
Puissé-je les purifier complètement sans exception.
Non affecté par les démons, les facteurs perturbateurs et le karma,
Que j'œuvre cependant dans le monde des êtres,
À la manière du lotus sur lequel l'eau ne peut s'attacher,
Ou du soleil et de la lune que rien n'entrave dans le ciel. »

La prière se coince entre les lèvres de Luxi, mais la tristesse ne s'éteint pas. Elle voudrait l'arracher. Elle cherche en elle, tout au fond, à faire remonter la lumière, continue de psalmodier pendant de longues minutes. Pas de changement, les sanglots la submergent.

Elle s'enfonce encore dans la campagne. Un champ de tournesols, une colline, puis des phares de voiture qui l'attirent. Luxi s'embarque sur une petite route, en longe le bord. Elle s'arrête, sort un cahier de son sac, s'assoit sur le terre-plein à l'endroit d'un décrochement, commence à écrire avec ses doigts de larmes. Des phrases libres, des pensées. Des mots jetés comme des couleurs. Et ça passe finalement, la tristesse, la souffrance, tout ça. Ce qui fait que ça passe, c'est presque rien, c'est tout, c'est la nuit qui fabrique des secrets, la faune disparue dans le tissu fragile de l'ombre, une grive musicienne qui s'époumone avant même que l'aube ne se pointe, les branches affaissées des arbres endormis, la mer brillante pas loin, toutes ces choses que l'humanité maltraite et dont Luxi se sent si proche.

La petite fugueuse range ses affaires, se redresse, enlève ses chaussures, les balance dans le fossé, puis s'éloigne. Elle louvoie, passe un talus et rejoint un chemin de terre en trottinant sans penser à rien qu'à ce qui est là, à portée de ses sens : la terre humide sous ses pieds, l'air frais, le chant des habitants sauvages de la campagne, un rossignol philomèle, un grillon. Elle marche en cheville avec les étoiles. Elle marche sans savoir où elle va. Des heures, maintenant, qu'elle crapahute au hasard de ses inspirations parce qu'un oiseau ou une géographie l'appelle, et ça pourrait durer encore longtemps, toute la nuit, tout le jour, et toute la nuit et tout le jour. Elle ne craint pas le vide, l'abandon ou la mort. Elle avance sans savoir et le noir l'émancipe. Elle est bien.

À quelques centaines de mètres, une forêt se dessine. Luxi file dans sa direction, traverse l'ourlet forestier, transperce le vert. Tout s'ouvre devant elle. Elle a la sensation d'être de retour dans sa famille. Les feuillus la comprennent. Elle est du même bord, bien sûr. Elle a toujours été du même bord. Les arbres lui donnent envie de vivre, de grandir, de s'améliorer. Les arbres l'apprécient. Si elle a peur, ils trouvent les solutions pour la rassurer, si elle se perd, ils la guident. Ses anges gardiens ne sont pas au ciel, ils sont ici. Pendant les périodes de déprime, ce sont eux qui l'accompagnent, lui redonnent confiance, son premier réflexe est toujours de les solliciter eux, avant les êtres humains. Aujourd'hui encore, chênes verts, pins d'Alep, châtaigniers, tous seront là pour elle, si nécessaire. Elle le sait. Pas besoin d'explication, c'est comme ça. Quelque chose dans l'air l'en convainc. Une vibration, peut-être. Luxi est toujours heureuse dans la verdure. À chacun de ses pas, elle les sent, ces impulsions électriques émanant des végétaux. Elle se nourrit de leur espoir, de leur force, leur prodigalité. Ici, un tapis de mousse, une vesse-de-loup, une brindille chatouilleuse. Luxi s'attarde, badine avec le vent, les sylphes et les êtres diaphanes. Une feuille de chêne glisse soudain dans son cou. Elle en profite, pose son sac, s'agenouille au pied de l'arbre et pense. Il y a de sacrés remous dans sa tête. Impression d'être soûle, de tomber à la renverse. Elle se redresse avant d'être rattrapée par la nausée, respire, donne ses poumons en offrande et l'air qui vient est un trésor.

Elle se relève. À ses pieds, des multitudes de pierres, de toutes les tailles, de toutes les formes. Certaines ressemblent à des fruits, des animaux, des architectures, ou encore des boîtes. Luxi se dit qu'il n'y a pas que les plantes et Jade qui ont des facultés de mimétisme ! Les pierres sont nobles. Les pierres sont belles. Leur présence lui fait du bien.

Elle se penche, en ramasse une, une autre, et ainsi de suite. Puis elle les dispose au pied du chêne de manière à former un matelas d'une longueur et d'une épaisseur satisfaisantes. Elle en cherche une plus grosse et quand elle a enfin déniché celle qui convient, la pose à la tête du lit pour figurer l'oreiller. Lorsque tout est en place et que la construction lui paraît proprement achevée, Luxi s'allonge dessus et ferme les yeux. Bien sûr, elle ne se fait pas d'illusions, le sommeil ne viendra pas la prendre ce soir, mais le but de cette opération n'était pas, de toute façon, de l'inciter à rappliquer. Luxi doit méditer sur ses actions, faire face aux conséquences de sa férocité, à cet instinct cannibale auquel elle a succombé. Rien n'est très clair dans son esprit quand elle y pense et lorsque arrive la lumière du lendemain, elle n'a toujours pas trouvé les réponses.

La première image qu'elle voit en ouvrant les yeux, c'est un cerf avec ses bois de velours. On dirait qu'il sait, qu'il était là déjà depuis longtemps, qu'il la veillait, qu'il l'attendait. Luxi se lève, s'approche. L'odeur de l'animal est forte. Elle la bouge. La sensation est magistrale. Ils marchent côte à côte.

Comme c'est l'heure du petit déjeuner et qu'il fait soif, la bête conduit sa protégée aux abords d'une rivière. Ils se désaltèrent en profitant du soleil, des rumeurs de la sylve. Le cerf se tourne soudain vers Luxi. Elle voit l'amour qu'il lui porte rutiler dans ses bois. Un amour sans objet, sans attente. Elle aimerait rester là éternellement avec lui, à cet endroit du juste, du détachement et de la paix.

Brusquement, le vent tombe, les feuilles s'arrêtent une seconde de bruisser, l'eau de clapoter. Toute la nature se crispe et un coup de feu retentit. L'animal panique, décampe fissa. Le cœur de Luxi bascule. Elle se retourne sans se relever, marche à quatre pattes, la tête dans les fougères. Une toile sophistiquée lui bouche les yeux, elle l'arrache. L'araignée glisse sur ses doigts. Luxi s'immobilise un instant. Elle rouvre les yeux, se relève. Elle a peur pour son cerf. Il est là, tapi derrière un fourré à l'attendre.

Dans la futaie, des godillots progressent en malmenant la terre. Les silhouettes massives de deux chasseurs se rapprochent, carabine en main, canons pointés. Ils gagnent du terrain, enjambent un parterre de ronces, bougent avec circonspection. Peu de temps leur est nécessaire avant qu'ils n'aperçoivent à nouveau les bois majestueux de la bête dépassant d'un genêt. L'un des chasseurs se fige alors, pointe son arme en direction du fourré et tire.

Le bruit de la balle expansive découpe l'espace. Il se fond au galop de la bête puis au son de la chute d'un corps.

Épilogue

Une clinique du centre de Nice. Je viens de me réveiller. L'opération a eu lieu il y a quatre jours. Peut-être plus, je ne suis pas sûre. Je jette mes yeux par la fenêtre de ma chambre. Le gris me transporte. Mon corps est embourbé. Un chirurgien l'a trafiqué. Mes veines, mon sang, mes os terrorisés, je n'arrive plus à les imaginer, ils sont réorganisés différemment. Tout mon être est abstrait. J'ai des éléments qui brûlent, ma poitrine jette des sorts dans l'espace interdit. J'élucubre, je vois des choses du passé, des saynètes de ma petite enfance avec ma mère, à l'époque où elle n'était pas gênée de me toucher, d'abandonner ses mains dans mon dos, mes cheveux, de les passer vite fait comme une moissonneuse là où ça gratte. Ma mère me savonnait avec un gel au bois de santal, elle embrassait mon nez juste sous les narines, jouait avec mes aisselles, naviguait à l'endroit de mes failles, mes cassures, avec des doigts connaisseurs et joyeux. Les fantômes bienveillants de ces doigts me guident ce matin : ce que je dois faire, comment fonctionner, comment avoir moins mal. Je ne sais pas de quoi je souffre. La douleur est diffuse. Je me souviens d'une forêt, du cerf, un coup de fusil. J'entends le sifflement de la balle élancée dans la chair de mon torse. C'est un rêve. Je sais que je l'ai vécu, mais c'est un rêve.

Jade est venue me voir hier soir. Elle a pris ma main et j'ai tout de suite senti la vérité de son geste. Elle a souri, mes yeux ont glissé sur le bandage autour de son bras et elle m'a dit de ne pas m'inquiéter au sujet de la morsure et du trou qu'elle avait laissé. La douleur était supportable maintenant et, même si elle ne l'avait pas été, elle n'en aurait pas fait grand cas. Ses parents étaient d'accord pour ne pas porter plainte, elle n'avait pas eu à insister pour les en convaincre. De toute façon, elle était ravie d'avoir une marque à vie, témoin de tout ce qu'elle m'avait fait subir depuis le début de l'année. Elle n'oublierait pas, comme ça, de quelles atrocités elle avait été capable, ce par quoi elle avait dû passer avant d'être la nouvelle Jade. Elle n'oublierait pas. Dans quelques années, quand elle prendrait le train pour monter à Paris et entreprendre sa carrière de mannequin, elle n'aurait aucun mal, non plus, à se remémorer la première fois où elle m'avait vue avec ma mère, où le désir de faire de la mode avait germé. En fait, c'est grâce à ma mère et à sa beauté que Jade avait compris ce qu'elle voulait faire de sa vie et elle lui en serait éternellement reconnaissante, à moi aussi. Aujourd'hui, elle n'arrive toujours pas à y voir clair, ni à comprendre pourquoi ce désir de meurtre s'est polarisé à mon endroit. Tout ça est mystérieux et si elle pouvait revenir en arrière, s'il fallait payer très cher de sa personne pour effacer le passé, retirer le mal qu'elle m'a fait, elle paierait.

Jade a souri une nouvelle fois, elle m'a caressé la tête. Je la voyais m'adresser du précieux. La manière dont son visage se déformait me plaisait. Elle n'a plus parlé. Puis, elle a sorti un harmonica de sa poche et a joué un air composé à mon intention dont elle m'a dit qu'elle n'avait pas encore trouvé le titre mais que ça viendrait, elle comptait y réfléchir et me tiendrait au courant. Jusqu'à aujourd'hui elle n'avait jamais composé quelque chose de valable, elle était fière de sa création, c'était venu comme ça. Elle a ajouté qu'en fait c'était moi la dure à cuire, et que c'est vrai, j'étais une Jedi. Les Jedi sont immortels. Jade a continué à jouer un moment et j'ai senti son corps se transformer en soucoupe volante, se poser dans un monde parallèle et lointain dont j'étais l'invitée.

Avant de partir, elle a posé une main sur son cœur puis sur mon front et m'a dit : « À demain, Luxi », en prononçant mon nom à la chinoise, sans accent.

Le temps n'a pas de sens. J'aperçois le jour qui dégringole. Mon père m'embrasse, se détache avec un peu trop d'empressement. Il doit filer à un dîner avec des collègues, mais c'est la dernière fois. Il me dit que tout va changer et me fait un clin d'œil. Je vois les boules d'humidité qu'épinglent ses cils, semblables à des ampoules éclairées. Il répète plusieurs fois la même phrase d'un air hébété. « Tout va changer, mon petit chat, tout va changer, je vais me rendre disponible à partir de maintenant. » Je lui demande de m'embrasser encore. Il se penche sur moi, s'exécute.

Au moment où il quitte la pièce, l'ombre de ma mère apparaît derrière la vitre translucide de la porte, ils échangent un mot chuchoté sur le seuil et se passent le relais. Jing entre. Elle s'approche, s'assoit sur le bord de mon lit et me dévisage. Ses joues adamantines blanchissent au fur et à mesure que les fruits du temps se décrochent de l'arbre-horloge.

« Tu veux que je te raconte une histoire, maman ?

— Ce serait plutôt à moi de t'en raconter une.

— Parce que je suis endommagée ?

— Oui. Les blessés ont le droit à des gâteaux et des histoires, c'est comme ça.

— Bon, tu m'écoutes, maman ?!

— Je t'écoute.

— C'est l'histoire de Kana, une lycéenne japonaise. Ça se passe à Kami-Shirataki, sur l'île d'Hokkaido, un trou perdu dans le nord du pays. Chaque matin, pour aller au lycée, Kana se rend dans une petite gare que personne ne fréquente. Personne, ça veut dire absolument personne. Il n'y a qu'elle. Malgré tout, deux fois par jour, à 7 h 04 et à 17 h 08, un train entre en gare et s'arrête. La Japan Railways, la compagnie ferroviaire japonaise, avait l'intention de faire cesser définitivement l'activité de cette gare, mais en apprenant qu'une lycéenne n'avait pas d'autre moyen de transport pour aller à l'école, elle a décidé de ne pas fermer. Elle s'est même arrangée pour que les horaires de passage des trains coïncident avec son emploi du temps. Tu vois, maman, tout est possible si on garde espoir, n'est-ce pas ?

— Oui, mon trésor, tout est possible. »

Ma mère ne commente pas. Nous passons du temps à ne rien nous dire. Jing est perdue. Je m'approche avec mes doigts.

« Tu penses que je vais mourir, maman ?

— Ne dis pas ça, chérie.

— Ça ne me dérange pas, tu sais. »

Ma mère est rouge, elle est noire. Des sanglots virevoltent.

« Si tu pars, je pars avec toi, mon amour... Mais tu vas tenir bon, n'est-ce pas ?!

— On me dit de te dire de ne pas t'inquiéter.

— Qui ça, on ?

— Je ne sais pas. C'est juste des voix. S'il te plaît, ne t'inquiète pas, maman. Tu veux bien ?

— ...

— Vraiment, ne t'inquiète pas. Si je meurs, "je reviendrai, et je serai des millions" ! »

Maman se rapproche. Il y a du soufre dans ses yeux. Des larmes inabouties. Elle se penche sur ma poitrine.

Ce geste ne lui demande même pas de vaincre des armées d'ennemis. Elle n'a plus à se battre contre elle-même, elle n'a plus peur. C'est facile. Elle s'approche encore, descend vers le rez-de-sa-fille et l'ascenseur ne reste pas bloqué de longues minutes avant d'atteindre l'étage. Elle avance dans mon petit hall intérieur, elle avance à pas de louve, arrive devant le guichet. Ses lèvres râpeuses se posent sur mon front. Elle me prend la main, la serre. J'ai mal à cause de mon opération. Après un temps, sa bouche s'éteint sur mes tempes. Je respire fort. Elle aussi.

Puis, maman fond en larmes. Elle me sangle avec ses bras vigoureux et l'odeur de son âme jaillit très fort : « Mon trésor, mon trésor... » Je sens sa chair pétiller dans la mienne. Elle m'embrasse, caresse, se mélange. Elle agrippe de toutes ses ardeurs. Avec sa pluie et son soleil. Ses baisers sont des grues, ses bras, des citadelles. Elle me tient, elle m'érige. Je ne suis plus son chef-d'œuvre, son invincible. C'est elle qui me hisse, aujourd'hui. Je suis sa vulnérable. Ma maestria s'en est allée. Mon sang fait des rouleaux et je pars en écume. Je me déglingue. Je suis faible. La pauvre esclave de ses caresses. Son petit Spartacus.

Mis en pages par DV Arts Graphiques à La Rochelle,
cet ouvrage a été achevé d'imprimer sur Roto-Page
par l'Imprimerie Floch, à Mayenne,
pour le compte de S.N. Éditions Anne Carrière
57, rue Gaston Tessier – 75019 Paris,
en février 2021

Imprimé en France
Dépôt légal : mars 2021
N° d'édition : 1024 – N° d'impression : 97759